婚約回避のため、
声を出さないと決めました!!

soy

B's-LOG BUNKO
ビーズログ文庫

CONTENTS

ユーエン（25歳）
アルティナの兄。
第一王子の側近で優秀だが、
頭が固い。
ラフラ
（20歳）
アルティナの姉。
姉御肌。
夫は騎士団の
副団長パルマ。
アルティナ（14歳）
モニーク公爵家の三女。
本を読むことが大好きで、
社交の場やお洒落には
関心がない。
リベリー
（23歳）
アルティナの姉。
おっとりした性格。
夫は宰相補佐官の
ベスタンス。

婚約回避のため、声を出さないと決めました!!
登場人物紹介
シジャル（22歳）
辺境伯の次男。
魔力も武力も優れているが、
司書になりたいがために
能力を隠してきた。
メイデルリーナ（18歳）
シジャルの
元婚約者
ファル（13歳）
第三王子
ライアス（17歳）
第二王子
ディランダル（25歳）
第一王子

イラスト／krage

決意

私には顔が良く頭の固い二十五歳の兄が一人と、美人で私と違《ちが》って人当たりのいい姉が二人いる。

要するに、四兄妹《きょうだい》である。

モニキス公爵家《こうしゃくけ》は貴族の中でも最高位の由緒《ゆいしょ》正しい家柄。兄は王子の側近候補とまで言われる優秀《ゆうしゅう》な人間で、公爵家に嫁《とつ》いだ長女と侯爵家《こうしゃくけ》に嫁いだ次女は社交界の宝石と言われる貴族女性達のカリスマであった。

そんな華《はな》やかな兄姉に対し末っ子の私はというと、常に図書館に入《い》り浸《びた》りの本の虫で、社交界に出ることよりも知識を頭に詰《つ》め込みたい変わり者だ。

「女性は女性らしくマナーやファッションの勉強をしなさい」

兄にはよく、そう言われた。

「貴女《あなた》もちゃんと夜会に出て素敵《すてき》な旦那様《だんなさま》を見つけなくちゃ！　そうね～おすすめな殿《との》方《がた》は……」

「アルティナに似合いそうなドレスを見つけたのよ！　どう？　パステルピンクにフリルたっぷりのドレス！　今、流行《はや》っているのよ！」

姉二人は口を開けば殿方とドレスのことばかり。

理想の女性像を押し付けてくる兄にも、興味のない話を延々喋《しゃべ》り続ける姉二人にも、うんざりなのだ。

そんなある日、私に婚約話《こんやくばなし》が持ち上がった。

相手はなんとこの国の第二王子。

「お兄様、私に婚約なんて無理です。まだ十四歳ですし、しかも王子様だなんて……本を読む時間をとれるわけありませんわ！　悪い冗談《じょうだん》にしか聞こえません」

「これ以上の相手はこの国にいないのだぞ、我《わ》が儘《まま》ばかり言っていないで僕《ぼく》の言うことを聞きなさい」

兄にケンカを売り、肩《かた》を掴《つか》まれた私はそれを振《ふ》り払《はら》おうとして体勢を崩《くず》し転んだ。

勢いそのままに頭を床《ゆか》にぶつけて気絶してしまったのは予想外だった。

遠くで兄の焦《あせ》る声が聞こえた気がした。


目が覚めると心配そうに私の手を握《にぎ》る兄と、目を涙《なみだ》でいっぱいにした姉二人が私を覗《のぞ》き込んでいた。

「アルティナ。僕が解《わか》るか？　僕のせいですまなかった」

謝《あやま》る兄に首を横に振る私。

「アルティナ、痛いところはな～い？」

「アルティナ、喉《のど》は渇《かわ》いてな～い？」

心配そうな姉二人にも首を横に振ってみせた。

若干《じゃっかん》たんこぶができている気がするが我慢《がまん》できないほどではない。

私は口を開き喉を押さえた。

兄と姉二人が、首を傾《かし》げた。

私は首を押さえたまま、口をパクパクと動かした。

「アルティナ、お前まさか、声が出ないのか？」

兄は絶望を顔に張り付けて呟《つぶや》いた。

耳を塞《ふさ》ぎたくなる姉二人の悲鳴が部屋に響《ひび》き渡《わた》る。

直《す》ぐに医者が呼ばれ色々な検査をされたが一向に声が出ない……。

いや、出すつもりがないのだ。

私の話を聞く耳を持たない兄と姉。

なら、会話する意味がない。

むしろ会話は愛する読書を妨《さまた》げるだけなのだ。

だから私は、本を読むだけの生活のために声を出さないと、決めたのだった。

＊
✦＊✦
＊

私が声を出すことをやめてから、兄は気持ち悪いぐらいに優《やさ》しくなり、姉二人は私が可哀想《かわいそう》だと瞳《ひとみ》をウルウルさせる日々が続いた。

どうしても伝えたいことがある場合は筆談になるのだが、これがまた画期的で、私が紙に言葉を綴《つづ》る間、兄も姉達も黙《だま》って待ってくれるのだ。

興味のない話は笑顔《えがお》で頷《うなず》いていればいい。

意見を求められないって最高!!

「アルティナ……すまないが、今回の第二王子殿下《でんか》との婚約はなかったことになった」

兄が神妙《しんみょう》な面持《おもも》ちで告げた言葉に、姉達がこの世の終わりのような顔で息を呑《の》んだのが解《わか》ったが、私は眉尻《まゆじり》を下げて紙に言葉を綴った。

『仕方がないことだわ。声の出ない私を妻に迎《むか》えるなんてあり得ないもの』

姉達が私を抱き締《だし》めて咽《むせ》び泣く。

兄も苦虫を嚙《か》み潰《つぶ》したような顔をしていた。

いやいや、全然悔《くや》しくも悲しくもないから。

むしろ、歓喜《かんき》だから！

私は姉達の背中を優しく撫《な》でながら、内心ガッツポーズをしていた。

＊

婚約の話がなくなってから、私が図書館に入り浸ることに兄も姉達も口を出さなくなった。

可哀想な私が唯一《ゆいいつ》気を紛《まぎ》らわせる場所だと思っているようだ。

可哀想ってところが失礼だが、それでいい。

私は今、かつてないほど幸せなのだ。

起きる、食べる、近くの図書館に馬車で移動して本を読む、日が沈《しず》むころに馬車で帰宅、食べる、入浴、就寝《しゅうしん》のサイクルで、まさに神スケジュール。

声を出さないことが、こんなにも都合がいいものだったとは。

それなら一生出さなくていいや。

その時の私は、本当にそう思っていたのだ。

声を出さなくなって三カ月。

兄と姉達は色々な医者を呼び、僧侶《そうりょ》を呼び、魔女《まじょ》まで連れてきた。

そう、最後に連れてきた魔女のお婆様《ばあさま》だけは私が声を出さないだけで本当は声を出せることに気がついた。

『声を出さない理由を聞いてもいいかい？』

魔女様は私に筆談で聞いてくれた。

だから、私も筆談で返した。

『兄と姉達が面倒《めんどう》なので』

魔女様は愉快《ゆかい》そうに笑った。

『面白《おもしろ》い子だね』

『そうでしょうか？　それより、もっと楽しい話をしましょうよ！　魔法《まほう》とか、薬とか興味があります』

魔女様の話してくれたお話は本当に面白かった。

魔法は想像力が大事だとか、この花は薬になるが根には毒があるとか。

分厚い本のように知識溢《あふ》れる魔女様のことを私はすぐに気に入った。

『お嬢《じょう》さん、図書館なら王立図書館の方が蔵書が多くて楽しいと思うよ』

魔女様が来た次の日から、私が王立図書館の本の虫になったのは言うまでもない。

＊✦＊✦＊

王立図書館は城の中に入り左手に進んだ奥《おく》に一般《いっぱん》公開スペースとして併設《へいせつ》されている。

城では上階に行くにつれて警備が厳しくなり入れるエリアも変わってくるのだという。

私の隣《となり》には、送ってきたものの一人で図書館に行かせることが心配になってしまった兄がいる。

といっても、兄は王子様達の側近候補の一人として文官の仕事があるので入口までのエスコートはできない。

ちなみに、このサラーム国の王子様は三人。

長男で側室の子のディランダル様と、妃殿下《ひでんか》の子である次男のライアス様に三男のファル様だ。

噂《うわさ》では皆様《みなさま》優秀だと聞くが、王太子の異母弟であるライアス様と婚約なんてしていたら、お家争いとかに巻き込まれていたかも知れない。

婚約の話がなくなって良かった。

「昼に迎えに来る。一緒《いっしょ》に昼食をとろう」

兄は私の頭を撫でてから城の中に消えていった。

兄を見送ってから、私は王立図書館の扉《とびら》をゆっくりと開いた。

はっきり言って、ここは天国じゃないだろうか？

沢山《たくさん》の蔵書が自分の身長の何倍もの高さで並べられていて、上段の本は本棚《ほんだな》に備え付けられた可動式の梯子《はしご》を上ってとるようだ。

どの本を読もうか悩《なや》んでしまう。

私は目の前にあった植物の図鑑《ずかん》を棚から引き出しパラパラと図鑑をめくった。

「お嬢さん。そんなところで読むには図鑑は重いでしょう？　こちらに座《すわ》りませんか？」

爽《さわ》やかな笑顔の男の人に声をかけられて私は鞄《かばん》からノートを取り出し、あらかじめ書いておいた『ありがとうございます』のページを開いて見せてから頭を下げた。

私は、驚《おどろ》いた顔の彼《かれ》の座っている席から二人分のスペースをあけて座り、図鑑のページをめくった。


お昼になり、そろそろ兄が来るころだと思い本を棚に戻《もど》した。

見れば新参者の私が珍《めずら》しいのか、すれ違う人にチラチラ見られている気がする。

「お嬢さん、食事を一緒にいかがですか？」

さっき席をすすめてくれた爽やかさんが私の前に立ちはだかった。

私はノートに『兄が迎えに来るのでごめんなさい』と書いた。

私が文字を書く間、彼はニコニコしながら私を見つめている。

「僕の妹に何か用か？」

「へ？　ユーエン様？　えっ？　妹？」

そこに現れたのは兄だった。

兄の顔を見た爽やかさんの顔が青い。

『お兄様、この方に優しくしていただきました』

簡単に書いて兄に見せると、兄は口元をヒクヒクさせて爽やかさんを見た。

「ひっ！」

「僕の妹に何をしたって？」

「席をすすめただけです」

「アルティナ、本当か？」

私はコクコクと頷く。

「アルティナ、世の中には爽やかな顔をしていても頭の中はいやらしいことしか考えていない男も沢山いる。こういう男に安易に近づいてはダメだ」

えっ？　そうなの？　兄の後ろで首をプルプル振っている、その爽やかさんが危険人物なの？

「いいか？　安易に男に近づかないと約束してくれるな？」

私がここで否定すれば後々面倒臭《くさ》くなることは解っているので、素直《すなお》に頷くことにした。

「いいこだ」

最近兄はよく柔《やわ》らかい笑顔を作る。

「誰、あれ」

爽やかさんから小さな呟きが聞こえたが、私は聞こえなかったことにして兄に肩を抱かれてその場を後にしたのだった。


兄が連れてきてくれたのは城で働く人達用の食堂で、下は平民の騎士《きし》から上は宰相《さいしょう》様まで、同じ食堂を使うのだという。

興味津々《きょうみしんしん》に中を見渡し足を踏《ふ》み入《い》れると、さっきまでガヤガヤと煩《うるさ》いぐらいだった食堂が、空気がはりつめたようにシーンと静まり返った。

余所者に厳しいとはこのことか？

「ユーエン様！　デートでしたらこんな小汚《こぎたな》いところに連れてきてはダメでしょうに」

食堂の調理場から目つきの鋭《するど》いおじ様が慌《あわ》てたように頭を出してそう言うと、兄は呆《あき》れたように返した。

「いや、妹とデートなどしない」

「い、妹!?」

「ああ、末の妹だ。アルティナ、こちらはこの食堂の料理長だ」

私は丁寧《ていねい》に頭を下げた。

料理長さんは慌ててコック帽《ぼう》を取ると私に頭を下げてくれた。

「妹は今、声が出ないから挨拶《あいさつ》は会釈《えしやく》ですまない」

兄の言葉に料理長さんが唖然《あぜん》とするなか、兄はメニューを眺《なが》めて呟いた。

「アルティナ、何を食べる？　ハンバーグ定食か？　ポークジンジャー定食か？　肉Ａセットもあるぞ」

兄よ……聞いているだけで胸焼けしそうです。

「ユーエン様、女性にそのメニューはヘビーですぜ」

「？　……だからここは女性が少ないのか……」

兄は困ったように顎《あご》を撫でた。

私はノートに『お兄様が手伝って下さるなら何でも食べられます』と書いて見せる。

「そうか？　では……」

そんな様子を見ていた料理長さんは胸を強く叩《たた》くと言った。

「ユーエン様、俺にお任せくだせい！　スペシャルランチを用意いたしやす」

「だが」

「任せてくだせい」

兄は呆れたように一つ息を吐《は》くと肉Aセットとスペシャルランチを頼《たの》んでくれた。

暫《しばら》く待つと、兄の前に茶色い肉の山の横に大量のパンが乗り小さなスープがついたトレイと、私の前にお肉のはさまったサンドイッチにサラダ、そしてスープにデザートのプリンがついたトレイが出てきて驚いた。

兄の何処《どこ》にあの量がおさまるのだろうか？

家ではここまで食べないが、仕事中はこんなに食べていたのか。

「アルティナ、そんな量で足りるのか？　僕のを分けてやろうか？」

私はプルプルと首を横に振った。

充分《じゅうぶん》な量である。

私は料理長さんにもう一度頭を下げてから、あいている席を探す兄を追いかけた。

席につくと、手をくみお祈《いの》りをする私を気にするそぶりもなく、兄は大きく口を開けて肉を頬張《ほおば》っている。

私もサンドイッチを手にとると、思いきって口を開けて頬張った。
今まで食べたことのないジューシーなお肉が口いっぱいに広がりワイルドな味がした。
サラダにはゴマを使った濃厚《のうこう》なドレッシングがかかっている。
スープにも野菜が沢山入っていて、プリンにたどりつくころには大分お腹《なか》が苦しい。
まあ、デザートは別腹なので食べきったけど。
ああ、幸せだ。
夢中で食べていたから気がつかなかったが、ここでも何故《なぜ》か無茶苦茶見られていた。
うそ、顔にソースでもついているのだろうか？
慌てて兄を見ると、むしろ兄の口にソースがついていた。
兄のこんな顔、見たことがない。
なんだか微笑《ほほえ》ましくて口元が緩《ゆる》んでしまう。
私はハンカチを取り出すと兄の口元を拭《ぬぐ》ってあげた。
「ああ、すまないな」
私は笑ってみせた。
貴重な兄の姿を見られたのだ。
なんだか得した気すらする。
私はノートを取り出して『私の口元は大丈夫《だいじょうぶ》ですか？』と書いて見せた。

「ああ、大丈夫だ」

兄はそう言って笑顔を向けてくる。

私は安心して、今度はノートに料理長さんへのお礼の言葉を書き始めた。

『美味《おい》しいランチをありがとうございました。どれもとても美味しくて食べ過ぎてしまいました。幸せをありがとうございます』と書いて兄を見ると、私が書いた文字を見て一つ頷いてくれた。

兄がトレイを返却《へんきゃく》してくれている間に料理長さんにノートをちぎって手渡したら泣かれた。

「か、家宝にしやす!!」

大袈裟《おおげさ》だ。

だが、喜んでくれたのならいいや。

兄に連れられて料理長さんに手を振ってから食堂を出ると、ドッと騒《さわ》がしくなったのが解った。

もしかして私の存在は、迷惑《めいわく》だったのではないだろうか?

妹　ユーエン目線

僕には自慢《じまん》の妹が三人いる。

長女リベリーは二十三歳《さい》でナイトブルーの髪《かみ》にスカイブルーの瞳《ひとみ》。妖艶《ようえん》なかにも可愛《かわい》さを持つ美人で公爵家《こうしやくけ》に嫁《とつ》いだ。次女ララは二十《はたち》歳でスカイブルーの髪にエメラルドの瞳。美しくも気の強そうな容姿で、侯爵家《こうしやくけ》に嫁いだ。

二人は社交界の宝石と呼ばれるほどの美人で、結婚《けっこん》した今でも異性からの関心を集めている。

そして、三女のアルティナはアメジストの髪にラベンダーの瞳。外に出たがらない引きこもりのせいか、日に当たらない肌《はだ》は陶器《とうき》のように白く儚《はかな》げな雰囲気《ふんいき》を持つ。

壊《こわ》れ物《もの》のように見えるが、しっかり自我《じが》を持つ女性だ。

アルティナは本にのめり込み社交界に出るつもりがない。

やれ、お腹《なか》が痛いだの頭が痛いだのと誰《だれ》でも解《わか》るような嘘《うそ》をつき、社交会場まで行ったとしても人波に酔《よ》うと言って馬車から下りず本を読むような彼女に異性との出会いなど、どうやって見つければいいのか？

そんな時、第二王子の婚約者《こんやく》を探していると国王陛下から話があった。

アルティナは王子より二歳年下でちょうどよい。上の妹二人のように美しい女性なのだろうと言われ、当然のように頷《うなず》いてしまったのが運のつきだった。

とんとん拍子《ひょうし》に話を取り付けられてしまい、アルティナには悪いが婚約はもはや決まったようなものだった。

第二王子がどんな性格かと聞かれたら、脳筋と答える。

今二十五歳の僕と同い年の第一王子の方が文武両道でアルティナを幸せにしてくれそうなのだが、残念なことに第一王子は生まれた時から決められた婚約者がいる。

十四歳の第三王子は甘《あま》えたいだけのお子様だから論外だ。

どうにか第二王子から第一王子に婚約相手を変えてもらえないか国王陛下にお伺《うかが》いを立てようと思っていた。

結婚とは女性の幸せだ。

早くいい男と結ばれて、妹達には幸せに暮らしてほしい。

あの時まで、僕はそう思っていたのだ。

アルティナが何不自由なく暮らすために王族との婚約を実現したかった。

言い聞かせようと肩《かた》を摑《つか》めばアルティナは僕を睨《にら》みつけ、その手を振《ふ》り払《はら》った。

妹のあんな顔を初めて見た。

床《ゆか》に頭を打ちつけてしまい、意識を失ったアルティナを見て血の気が引いた。

幸せにしたかった大事な妹を、僕は何の考えもなしに傷つけてしまったのだ。

心も、身体《からだ》も。

目を覚ましたアルティナは、喋《しゃべ》ることができなくなっていた。

医者が言うには、ストレスが原因のため、それを取り除くのが一番だそうだ。

それなのに、あろうことか国王陛下は、アルティナが声を出せなくなったことを聞くと第二王子との婚約はなかったことにしてほしいと言ってきた。

その事実にアルティナは仕方がないと筆談で伝えてきたのだ。

それからというものアルティナは毎日本を飽《あ》きるまで読んだ。

そして、僕が帰ると柔《やわ》らかな笑顔《えがお》を向けてくれる。

妹達の中でも一番美しいアルティナが結婚できないなんて考えもしなかった。

……いっそ、僕が一生養えばアルティナは幸せになれるかも知れない。

誰にもアルティナを任せる必要なんてない。

僕がアルティナを幸せにすればいいんじゃないか？

僕のせいで声が出なくなったのだ。

僕が責任をとるのは当たり前だ。

そう思った。

だが、アルティナは美しいのだ。

王立図書館に興味を持ったアルティナを連れていった日、入口でアルティナを見かけた数人の同僚《どうりょう》に、紹介《しょうかい》してほしいと詰《つ》め寄《よ》られた。

昼食をとるため迎《むか》えに行けば、いつもは図書館にいない男達がアルティナを見ようと本棚《ほんだな》の隙間《すきま》からチラチラと様子をうかがっていた。

食堂に連れていけばアルティナの美しさに大半の人間が言葉を失う。

これは、どうしたものか。

午後は出会う男出会う男、皆《みな》にアルティナのことを聞かれた。


「大変そうだねユーエン」

僕の仕事場である第一王子の執務室《しつむしつ》に行けば、王子のディランダルはそう切り出してきた。

「妹は美しいですから」

僕がそれだけを言えば、デイランダル王子は苦笑いを浮かべた。

本当は彼にもらってほしい。

文武両道《ぶんぶりょうどう》、性格も穏《おだ》やか。

白に近い金髪《きんぱつ》にアクアマリンの瞳を持った美丈夫《びじょうふ》。

それに、僕の親友だ。

だけど残念ながら彼には既に婚約者がいる。

「アルティナが喋れなくなったのは僕のせいだ。だから僕が幸せにする」

驚《おどろ》いた顔のディランダルはゆっくりと柔らかく笑った。

「そうか。困ったことがあったら何時《いつ》でも相談しなさい。力になるから、ねっ親友」

「悪いな親友」

僕らはクスクスと笑い合った。

こんな男だから彼にアルティナを預けたかったのだが、今はそれを言う資格などないと僕は口を閉じるのだった。

お茶会

私の暮らしぶりを心配した姉二人が嫁《とつ》ぎ先から里帰りすると聞かされた時、私は軽く考えていた。

今、私の頭を撫《な》でているのが長女のリベリーで爪《つめ》のお手入れをしてくれているのが次女ララフラであるのだが、少々困惑《こんわく》している。

リベリー姉様の、頭撫で撫ではそろそろ禿《は》げそうだからやめてほしい。

「アルティナは最近王立図書館に通っているのでしょ？　誰《だれ》かに酷《ひど》いことを言われたりしていない？」

リベリー姉様の言葉にララフラ姉様が続けた。

「アルティナ！　そうよ！　何かあればお姉様達に直《す》ぐに相談しなさい」

私は苦笑いを浮《う》かべてみせた。

「私の宝物が下心を持った狼《おおかみ》の群れの中にいるだなんて考えただけで耐《た》えられないわ」

「貴女《あなた》は、私達兄妹《きょうだい》全員の宝物よ。だからこそ私達が必ず守ってみせるわ」

宝物とはなんのことを言っているのか？

ラフラ姉様は爪のお手入れが終わると私の手をマッサージしながら言った。

「王子様ならアルティナに釣《つ》り合うと思っていたのに、声が出なくなったからって婚約《こんやく》の話をなかったことにするだなんて、見る目がないにもほどがあるわ！　そう思うでしょ姉様！」

「そうね、こんなに可愛《かわい》いアルティナを見たら後悔《こうかい》するに決まってますわ。だけど今さらお嫁《よめ》に欲しいと言ってもあげないんだから」

姉達はクスクスと笑った。

この二人は本当に仲良しだ。

「さあ、アルティナ！　これでアルティナの白魚のような手がピカピカになったわ！　本ばかり読んでいたら手の油を全て本に吸い取られてしまうわ！　気をつけなくてはダメよ」

私はコクコクと頷《うなず》く。

姉達はニコニコしながらドレスを選び始めた。

それというのも、今日は貴族令嬢《れいじょう》や夫人が集まるお茶会があるのだ。

気分転換《てんかん》のためにぜひにと姉達に勧《すす》められ、滅多《めった》にお茶会に出ない私だが、私の嘘《うそ》により二人にかなりの心配をかけていることもあり断る気になれなかったのだ。

「これでどうかしら？」

綺麗《きれい》な空色のドレスにサファイアのアクセサリーがつけられた。

着飾《きかざ》るのは好きじゃないが、姉達が喜ぶから今回はまあ、良しとしよう。


お茶会の主催者《しゆさいしや》はアンゲード公爵家《こうしやくけ》。

長女が嫁いだセリアーレ公爵家の次に力のある貴族だ。

色とりどりの綺麗な薔薇《ばら》が咲《さ》き乱《みだ》れる庭園に、有力貴族の女性達が集まっている。

「リベリー様、ラフラ様、来て下さったのですね！　嬉《うれ》しいわ！　あら、もしかしてそちらの可愛らしい方は……」

「アンゲード夫人、こちらは私達の妹のアルティナですの。よろしくお願いしますね」

声をかけてきたアンゲード夫人はリベリー姉様の親友だと聞いたことがある。

「はじめましてアルティナ様。ずっとお会いしたかったのよ」

私はスカートの裾《すそ》をつまみ上げ頭を下げた。

「ごめんなさいね。今、アルティナ声が出ないの……」

「まあ！　大変じゃない！」

「お医者様はストレスからくる症状《しようじよう》だって言うのよ。だから、妹が楽しくなるように連れてきましたの」

リベリー姉様は可愛らしく笑ってみせた。

「そうなのね。アルティナ様、楽しんでいって下さいね」

私はコクリと頷いた。

周りを見渡《みわた》せば蝶々《ちょうちょう》がヒラヒラと舞《ま》うように令嬢達のドレスがきらびやかに舞っていた。

「アルティナ！　こっちにおいでなさい！」

ララフラ姉様に呼ばれていったテーブルで、私はお茶を淹《い》れようとしているメイドさんの手がプルプルと震《ふる》えているのが気になった。

カチャカチャとカップとソーサーが音をたてている。

姉達は苦笑いを浮かべ、アンゲード夫人がため息をついたのが解《わか》った。

私は手に持っていたメモ帳に『私にお茶を淹れさせていただけませんか？』と書いて姉達とアンゲード夫人に見せた後、メイドさんにも見せる。

元々一人で本を読むことが好きな私は、好きな時に好きなだけお茶を飲みたいと思っていた。

そんなこともあり、お茶の淹れ方の文献《ぶんけん》を読《よ》み漁《あさ》り習得したこだわりの技術があるのだ。

私はゆっくりお茶を淹れると、メイドさんに配ってもらう。

姉達は私が一時期お茶にはまっていたのを知っていることもあり、躊躇《ためら》わずにカップを口に運んだ。

「……アルティナ、また腕《うで》を上げたんじゃないかしら？　ラフラもそう思わない？」

「アルティナ。うちのメイドにもこのお茶の淹れ方を教えてちょうだい！　このままじゃアルティナの淹れてくれるお茶しか飲めなくなってしまうわ！」

こだわって身に付けた技術を褒《ほ》められるのは嬉しいものだ。

メイドさんに私なりのお茶の淹れ方をメモしてプレゼントした。

「あ、ありがとうございます。精進《しょうじん》いたします」

メイドさんにも跳《と》び跳《は》ねそうな勢いでお礼を言われて嬉しかった。

「まあ！　メイドの真似事《まねごと》なんて恥《は》ずかしくないのかしら」

「確かあの方、第二王子様の婚約者候補から外されたと聞きましたわよ」

「まあまあ！　私なら恥ずかしくて外も歩けませんわ！」

遠くの方で何処《どこ》かのご令嬢達が私の噂話《うわさばなし》をしているようだ。

こういうのが嫌《いや》でお茶会を避《さ》けていたのだけど………。

「今、私の大事な妹を侮辱《ぶじょく》したのは何処のどなたかしら？」

怒気《どき》をはらんだ声をあげたのは気の強いラフラ姉様だった。

「私の大事な宝物を侮辱したのは誰かと聞いたのよ！」

ラフラ姉様はある一カ所を見つめてそう言い放った。

これは絶対、誰が言ったか把握《はあく》している。

ラフラ姉様は席を立つと、優雅《ゆうが》にドレスを翻《ひるがえ》して奥《おく》のテーブルに向かっていく。

慌《あわ》ててリベリー姉様に助けを求めようとすれば、満面の笑顔《えがお》でラフラ姉様に手を振《ふ》っていた。

これは駄目《だめ》だ。

私は少し遅《おく》れてラフラ姉様を追いかけた。

「私の大事な宝物を侮辱したのは何処のどなたかしら？」

ラフラ姉様は、あるテーブルにたどり着くとさっきと同じ言葉を繰《く》り返《かえ》した。

そのテーブルに座《すわ》る令嬢は三人。

よく聞き分けられたと感心してしまう。

三人のうち二人は真っ青な顔をして俯《うつむ》いているが、残りの一人は好戦的にラフラ姉様を睨《にら》みつけた。

「あら、全部本当のことですわよね。メイドの真似事も第二王子様の婚約者候補から外れたのも！　ちなみに私は候補に残ってますのよ！」

ラフラ姉様の眉間《みけん》にシワが寄る。

私は慌てて二人の間に入った。

はっきり言って、羨《うらや》ましくもなんともないことでもめないでほしい。

「アルティナ！　止めないで！」

私は首を横に振った。

これは本当に無駄《むだ》な争いだ。

急いで『ララフ姉様、私は大丈夫《だいじょうぶ》です。むしろ宝物と言っていただけただけで嬉しいのです。嬉しい気持ちのままでいさせて下さい』とメモ帳に殴《なぐ》り書《が》きした。

「アルティナ……貴女は天使なの？　もう、お嫁になんて行かなくていいわ！　嫁ぎ先のレジトリート侯爵《こうしやくけ》家で一生養《だし》ってあげるから。よろしくて？」

ララフ姉様に思いっきり抱き締められた。

この後、騒《さわ》ぎを起こしてしまった私達は早々にお茶会を退出することになったのだった。

やっぱり私は来ない方が良かったのだ。

＊
✦＊
✦
＊

王立図書館でその日、私は悩《なや》んでいた。

いつも私に美味《おい》しい特別ランチを作ってくれる料理長さんに何かプレゼントができないかと考えていたのだ。

兄に相談したら『それが彼の仕事だから気にするな』と言われてしまった。

でも、彼の仕事は決められたメニューを作ることであって、私用に作ってくれるランチは仕事外ではないのか？

やっぱり何かプレゼントしたい。

私は悩みながらどんどん人のいない、専門書が並ぶ奥のエリアに向かっていった。

いつもならチラチラと視線を感じるが、このエリアは人の気配すらしない。

プレゼントのヒントになる本を探すため、背表紙を見つめていたその時だった。

「モニキス公爵令嬢」

突然《とつぜん》背後から声をかけられ驚《おどろ》いた私の手から本がこぼれ、ヒッと小さな悲鳴を漏《も》らしてしまった。

思わず両手で口を押《お》さえながら後ろを振り返る。

そこには白銀の髪《かみ》の男性が立っていた。

金色の瞳《ひとみ》を銀縁眼鏡《ぎんぶちめがね》で覆《おお》った彼は、いつも王立図書館のカウンターに座っている司書様だった。

バレた！

声が出ることが、バレてしまった。

兄にも姉達にも知らされてしまう。

そしたら、尋常《じんじょう》じゃなく怒《おこ》られてしまう。そして図書館通いの楽園生活も終わりだ。

そう思ったら私の目から涙《なみだ》かこぼれ落ちた。

司書様は呆然《ぼうぜん》と私を見つめた後、弾《はじ》かれたようにオロオロしだし、そしてポケットに手を突《つ》っ込み絶望的な顔をした。

「……すみません。あいにくハンカチを持ち合わせていないのです」

そう言うと司書様は服の袖口《そでぐち》で私の涙を拭《ぬぐ》ってくれたが、止まる気配はなかった。

「貸し出し用の登録書の不備がありまして、書いてほしいのですがよろしいですか？」

司書様は淡々《たんたん》とそう言った。

私は泣きながらコクリと頷く。

「では、こちらへ。そんな状態の貴女をこのままにしていたら自分の命が危《あや》うい」

首を傾《かし》げると、司書様は私の手をとって歩き出した。

連れていかれたのは入口脇《わき》にある司書控《ひか》え室《しつ》。

休憩《きゅうけい》していた他の司書達が目を見開きうろたえる。

「シジャル様！　ななな、何したんですか？　泣かすなんて！」

「煩《うるさ》いよ。モニキス公爵令嬢が……手を怪我《けが》してしまったんだ。奥で処置してくる」

「ああ！　なんだ！　あ、魔法《まほう》ですね！　解りました」

司書様の流れるような嘘に驚きながらそのままついていくと、更に奥に連れていかれる。

ついた先は小さな部屋で、奥に机が一つと中央に硝子《がらす》のテーブル、そして二人がけのソ

ビクッ

ファが一つあるだけの部屋だった。

「ああ、あった。さあハンカチをどうぞ」

司書様は机から綺麗にアイロンがけされたハンカチを取り上げ、私に手渡してくれた。

「涙が止まりましたら、こちらの書類の、ここにサインしていただけますか？」

私が書類を見つめると司書様はニコッと笑った。

「アルティナ・モニキス公爵令嬢。心配しなくても自分は誰にも何も言うつもりはありませんよ。どうぞ、ソファにおかけ下さい」

「……どうして？」

私が司書様を見ながらソファに座ると、彼は机の引き出しからお菓子《かし》を取り出しながら言った。

「自分にも秘密がありますから」

司書様はお茶用のポットに呪文《じゅもん》を唱え、魔法でお湯を出すと紅茶を淹れてくれた。

渡された紅茶をゆっくり口にするとホッとする味がして、私はそのまま口を開いた。

「私の秘密は本来許されるものではないのです」

「というと？」

「……面倒《めんどう》になってしまったのです」

「面倒？」

司書様はキョトンとした顔でクッキーを一つ口に放り込むと残りを私の前に置いた。

「兄と姉達との会話が面倒になりまして」

司書様は暫《しばら》く凍《こお》りついて、弾かれたように笑った。

「素敵《すてき》な理由ですね」

「素敵ではありません。嘘をついているのですから」

司書様は自分用に淹れた紅茶を一口飲むと言った。

「ですが、自分も会話が億劫《おっくう》だと思ったりしますよ。透明《とうめい》人間になりたいと常々考えたりもします」

司書様は更に紅茶を飲む。

私もつられるように紅茶を口にする。

美味しい。ちょっと落ち着いて涙も止まった気がした。

私は書類の指定された場所に名前を書き足した。

「自分は魔法が得意なんですが、それを知られたら魔法部隊に入れられてしまうので学生時代の魔法の成績は下から数えた方が早いように仕向けました。それと実は光魔法も使えるのですが、使えるとバレたら神官にされてしまうので、ここの司書仲間とごく一部の人間にしか話してません」

魔法を使える人間は国の三分の一ほどもいて珍《めずら》しくはないが、魔法部隊に入れるほどの魔力《まりょく》がある人はまれであるし、光魔法は珍しすぎて見たこともない。

そんな話を私にしていいのだろうか？

私が首を傾げると司書様はニコッと笑った。

「自分はミルグリット辺境伯《へんきょうはく》の次男のシジャルと申します。せっかくモニキス公爵令嬢の秘密をお聞かせいただいたので自分の秘密もお教えしようかと思いまして」

「何故《なぜ》……魔法部隊や神官が嫌なのですか？」

「自分は本が好きなので司書になりたかったのです。二十二歳の若輩《じゃくはい》ながら今や王立図書館司書長なんて役職も、もらっています」

「……羨ましいです。私も一日中誰にも邪魔《じゃま》されずに本を読みたいと思って喋《しゃべ》るのをやめたようなものなので」

司書様はハハハっと笑った。

「では仲間ですね、モニキス公爵令嬢」

「仲間ですもの。アルティナとお呼び下さいませシジャル様」

「……では、アルティナ様。声の出し方を忘れないよう、たまに自分とお話ししませんか？」

「は、はい！　ぜひ」

こうして、本の虫の私に秘密の仲間ができたのだった。

王子達と司書長　ユーエン目線

いつものように妹を図書館の入口に送っていく途中《とちゅう》、前方から三人の王子が歩いてくるのが見え、僕はアルティナを背後に隠《かく》した。

「やあ、ユーエンおはよう」

第一王子で僕の親友であるディランダル王子の挨拶《あいさつ》に、ゆっくりと頭を下げる。

何故《なぜ》か後ろにいたアルティナが僕に張り付くように背中にしがみついたのが解《わか》った。

「おい、ユーエン！　背後に幽霊《ゆうれい》がとりついてるぞ」

「もう！　嫌《いや》だな～ライアス兄さん、幽霊じゃなくてご令嬢《れいじょう》だよ！」

できることなら見せたくないが挨拶させないわけにはいかないか。

「アルティナ、殿下方《でんかがた》にご挨拶を」

僕の言葉にアルティナは渋々《しぶしぶ》背後から出ると頭を下げた。

王子達が息を呑《の》んだのが解った。

「ああ、声を失ったという末の姫君《ひめぎみ》だね。はじめまして」

ディランダル王子の言葉に、アルティナは頭を上げて作り笑いを浮《う》かべた。

その時、弟王子達がアルティナの前に立った。

アルティナは驚《おどろ》いたのか僕の後ろに再び隠れた。

「アルティナ」

僕が声をかけると、背後からメモを僕の手に押しつけてくる。

文字を書くスピードが速くなっていると感心しながら目を走らせた。

『私のせいで婚約《こんやく》のお話がなくなったので、合わせる顔がありません』

なるほど。

どう見ても一目惚《ひとめぼ》れした顔で、どうにかアルティナの顔を見ようと弟王子の二人は僕の背後を覗《のぞ》き込んでくる。

「ではディランダル様、妹を図書館に送り届けたら執務室《しつむしつ》に参ります」

僕が頭を下げてその場を立ち去ろうとすると、ライアス様に腕《うで》を摑《つか》まれた。

「そう急がなくてもいいだろ、ユーエン。そうだ！　お茶でもどうだ？　妹君も一緒《いっしょ》に」

「ライアス兄さん名案だね！」

二人が盛り上がるなか妹に視線を向けると、せつなげな表情であと少しでたどり着く図書館のドアを見つめていた。

アルティナはお茶ではなく図書館に行きたいのだ。

これはお断りしなくては。

そう決めた時、また声をかけられた。

「王子様方、ユーエン様、おはようございます。おや？　アルティナ様もいらっしゃったのですね」

アルティナは声がした方を見るとぱ～っと明るい笑顔《えがお》を浮かべる。

「そういえばアルティナ様。この間おっしゃっていた料理長へのプレゼントの件ですが、自分なりに考えた結果、紅茶かハンドクリームが喜ばれるのではないかと」

この人物は確か図書館を取り仕切る司書長だったはずだが、こんなに饒舌《じょうぜつ》に喋《しゃべ》っているのを初めて見た気がする。

アルティナは僕から離《はな》れると、メモ帳に何かを書いて司書長に手渡《てわた》した。

「手作りですか？　では必要な本を揃《そろ》えましょう」

司書長は気難しい人間のはずだが、いつの間に仲良くなったんだ？

「ユーエン様、よろしければアルティナ様を図書館までエスコートいたします」

アルティナを見ればメモ帳に『シジャル様とお友達になりました。ダメでしたか？』と書いて手渡してきた。

彼が下心を持っていないと思っているようだが、本当に信用できるのか？

「アルティナは司書長と友人だと言っていますが……」

「そうですね。お互《たが》い本の虫なので、友人というより同士といったところでしょうか？」

アルティナの読書の邪魔《じゃま》をしないならいいか？

司書長に好感は持てど、好意まで持っているようには見えないから大丈夫《だいじょうぶ》だろう。

「では司書長、くれぐれも友人の範囲内《はんいない》でお願いいたします」

「勿論《もちろん》。あまり知られていませんが、神聖な王立図書館で盗《ぬす》みなど不埒《ふらち》な真似《まね》をする者がいれば、司書には直《す》ぐに解るよう感知の魔法《まほう》がかかっているのでここは安全ですよ」

それを聞いて、早めに護衛をつけるつもりだったが慌《あわ》てずとも大丈夫そうだと思えた。

「図書館内は死角も多いので女性の安全を第一に考えております。ご安心を」

「では、妹を頼《たの》みます」

「お任せ下さい」

司書長はさりげなくアルティナに手を差し出した。

アルティナも躊躇《ためら》うことなく司書の手をとった。

優雅《ゆうが》なエスコートをする司書長に、あんな所作ができたのかと感心してしまった。

「おい！　ユーエン！　妹を連れ戻《もど》してこい！」

「そうだよ！　一緒にお茶したかったのに～」

ライアス様とファル様がブーブー言うなか、ディランダル様がクスクスと笑いながら言った。

「彼女、君達がグイグイ来るから怖《こわ》がっちゃったんだよ。今、無理やりお茶に誘《さそ》えば二人の好感度は地に落ちるかもね！　そう思わないかいユーエン」

「そうですね。すでに地に落ちているかも知れませんが」

僕はいい笑顔を王子達に向けた。

「ああ、ちなみにアルティナは働き者の男性を好ましく思うようなので、働き者だと解れば好感度も上がるでしょう」

ライアス様とファル様は顔を見合わせると早足で自分の職場へと歩き出した。

「私の弟達は本当に可愛《かわい》いと思わないかい？」

残されたディランダル様がクスクスと笑いながら言った。

「そうでしょうか？」

「そうだろ？　ユーエンのいいように誘導《ゆうどう》されたりなんかして、可愛いよ」

「……僕には存在するだけで可愛い妹達がいますので」

ディランダル様はアハハハっと声を出して笑った。

「そうだね。君の妹達ほど可愛くはないね」

本気でツボに入ったようでディランダル王子がお腹《なか》を抱《かか》えて笑うので、僕は苦笑いを浮かべながら彼の背中をさすり、彼が落ち着くのを待つのだった。

執務室で読書

その日、王立図書館の近くで王子様達にお茶に誘《さそ》われた。

声の出ない哀《あわ》れな小娘《こむすめ》を気づかってくれたのは解《わか》るが、私は直《す》ぐにでも本を読みたかったのだ。

どうこの場から逃《に》げ出《だ》そうかと考えていたらシジャル様が現れた。

さりげなく私達に近づき、しかも私が以前参考までにと聞いていた料理長へのプレゼントのことを覚えていてくれたようで、声をかけてくれたのだ。

私は急いでメモ帳を取り出し『王子様達に図書館にたどり着くのを阻《はば》まれています。助けて下さい』と書いて手渡《てわた》した。

シジャル様はメモを見ると少し驚《おどろ》いた顔をした。

「手作りですか？　では、必要な本を揃《そろ》えましょう」

と書いていないことを喋《しゃべ》りながらメモ帳に指をかざすと『では、エスコートいたします』とシジャル様の指の動きに合わせるように虹色《にじいろ》のキラキラした文字が現れた。

魔法《まほう》だ！　文字が美しい！

思わずテンションが上がる。

シジャル様への警戒《けいかい》を少しでも解《と》いてくれるよう友達になったと伝えると、兄は複雑そうな顔をした。

だが、シジャル様はなんだかんだと華麗《かれい》に兄を説得して私を図書館へとエスコートしてくれたのだ。

鮮《あざ》やかすぎてビックリしてしまう。

「では、お目当ての本を揃えてまいりますので、自分の執務室《しつむしつ》にどうぞ。おはようエンジュリー君。アルティナ様にお茶を出してさしあげて。先程《さきほど》男性にしつこく誘われていてね。奥《おく》で休ませてあげたいんだ」

シジャル様は貸し出しカウンターに座《すわ》る女性司書様にそう声をかけながら執務室に連れていってくれた。

「おはようございますシジャル様。了解《りょうかい》しました。アルティナ様、災難でしたね！　アルティナ様は美しいですから、不埒《ふらち》な考えの男が寄ってきてしまうのでしょう。お可哀想《かわいそう》に」

エンジェリーさんは私の前に珈琲《コーヒー》の入った可愛《かわい》らしい猫《ねこ》の形のマグカップを置いた。

持ち手が猫の尻尾《しっぽ》の形をしていて可愛い！

その後、砂糖とミルクをテーブルに置くとエンジェリーさんは私の隣《となり》に座った。

「何か困ったことがあればシジャル様にご相談するといいですよ！　シジャル様って見た目弱そうに見えますけど滅茶苦茶《めちゃくちゃ》強いの！　ほら、司書って女性が多いでしょ？　私達が危ない目にあわないように感知の魔法をかけてくれたり……あ、シジャル様が魔法使えるのは秘密ですよ！」

「エンジュリー君、仕事はいいのですか？」

「シ、シジャル様！　じゃ、私、受付に戻《もど》りますね！」

シジャル様が数冊の本を抱《かか》えて戻ってくると、エンジェリーさんは慌《あわ》ててカウンターに戻っていった。

「ハンドクリームの作り方が載《の》っている本と美味《おい》しい紅茶を紹介している本を持ってきました」

どちらも読んだことがない本で興味深い。

「三日前に入った本ですが、アルティナ様は普段《ふだん》からジャンルを問わず読まれてますよね？」

「はい」

シジャル様は私の前を通りすぎると一番奥の机に向かった。

「既《すで》に読んだことがあれば違《ちが》う本もありますので遠慮《えんりょ》なく言って下さいね」

「いえ、この本を読ませていただきます」

シジャル様はニコッと笑い、椅子《いす》に座ると書類仕事を始めた。

私はマグカップに角砂糖二つとミルクをたっぷりと入れた。

甘《あま》いミルク珈琲を口にすると幸せな気持ちになった。

「このカップ、可愛らしいですね」

思わず呟《つぶや》けばシジャル様はこともなげに言った。

「一目惚《ひとめぼ》れしまして。可愛いものは可愛い人がお使い下さい」

この人、モテそうだ。

女性の扱《あつか》いが上手《うま》いのかも知れない。

姉達だったらキャーキャー言いそうだ。

そんなことを考えていたのも忘れて二冊の本を読み終えるころには残りの珈琲は冷めてしまっていた。

「あの、この二冊をもう少し読み込みたいのですが、貸し出していただけますか？」

「勿論《もちろん》」

いつの間にか書類仕事を終えて本を読んでいたシジャル様は、本にしおりをはさんだ。

「他の本も見てこようかと思います」

「自分もエンジュリー君とカウンター業務を替わろうと思っていたところです」

二人で執務室を出るとカウンターの間にある休憩室《きゆうけいしつ》に三人の司書様がいた。

二人が年配の女性で一人が男性だ。

「司書長、返却本《へんきやくぼん》を棚に戻し終わりまし……」

報告を始めた男性がシジャル様の後ろにいた私の顔を見るなり息を呑《の》んだ。

見れば女性二人も目を丸くしている。

シジャル様は気にする様子もなく私の方を振《ふ》り返った。

「そうだ、オススメの恋愛《れんあい》小説が昨日入荷《にゆうか》したのですが、読まれますか？」

私が頷《うなず》くとシジャル様はニコッと笑った。

「いやいやいやいやいや、司書長！　俺らを無視しないで下さいよ～！　なんで？　なんで司書長と宝石姫《ひめ》が一緒《いつしよ》に執務室から出てくるんですか！」

「？　……ああ！」

シジャル様は手を叩《たた》くと私に向かって言った。

「司書の間では、アルティナ様を宝石のように美しい人という意味で宝石姫と呼ばせていただいていたんですよ」

「司書長!!　無視しないで～！」

ニコッと笑うとシジャル様は男性に向かって言った。

「読書をしていただけですよ」

「嘘《うそ》だ！　こんな天使のような宝石姫と二人きりでいて、何もないだなんてあり得ない！　声を失った美しすぎる姫を司書長が……あぁ破廉恥《はれんち》！」

「君の頭の中が破廉恥だということが解りました。アルティナ様に近寄らないで下さい」

シジャル様は私をさりげなく女性の方に押し出すと言った。

「誤解がないように言っておきますが、図書館の前でアルティナ様が無理やりお茶に誘われていたので、落ち着けるよう珈琲を飲んで休んでもらっているうちにお互《たが》い本に夢中になって、こんな時間になってしまっただけですよ」

あらかた合っている。

誰《だれ》にお茶に誘われたかを言わないだけでこんなにも印象が変わるのかと感心してしまう。

「まあ、司書長がナイトの真似事《まねごと》なんて珍《めずら》しい！」

「俺の女に手を出すな！　ぐらい言ったんですか？」

女性達がはしゃぐのを見てシジャル様は苦笑いを浮《う》かべた。

「言わないですよ。相手はライアス様とファル様でしたから」

「「「…………！！！」」」

三人が声にならない悲鳴をあげたのが解った。

「みんな、面白《おもしろ》い顔になってますよ」

「いやいやいやいや、笑い事じゃないでしょ！　クビになっちゃいますよ！」

男性が涙目《なみだめ》でシジャル様に抱《だ》きついた。

「大丈夫ではないでしょうか？　自分の父や兄は辺境で魔物《まもの》の侵入《しんにゅう》を防ぐ重要な仕事をしていますし、いくら王族でも彼らの機嫌《きげん》を損《そこ》ねることはしないでしょう」

辺境伯《へんきょうはく》とは、そういう役目のある家柄《いえがら》なのだとはじめて知った。

辺境伯について調べてみるのも楽しいかも知れない。

そう考えると、まだまだ世の中には私の知らないことがいっぱいである。

だから、本を読もう！

私は、暫《しばら》く終わる気配のない四人の話を聞きながらそんなことを考えるのだった。

料理長へのプレゼントはハンドクリームに決めた。

自分で作る本も借りてみたのだが、正直言って諦《あきら》めた。

できそうな気もするが、プロが作ったものの方が性能がいいに決まっている。

そこで兄に頼《たの》み、薬屋さんに連れていってもらった。

ハンドクリームって種類が沢山《たくさん》あってなんだかワクワクする。

いくつか匂《にお》いを確認《かくにん》させてもらったら香水《こうすい》のように香りの強いものから、無臭《むしゅう》のもののまで幅広《はばひろ》い。

料理長へのプレゼントは無臭一択《いったく》である。

料理の邪魔《じゃま》をしてはいけない。

よくよく考えたらハンドクリームは、シジャル様のお礼にもいいかも知れない。

紙は手の脂《あぶら》を吸うのだ。

だから本の虫達は指先が荒れやすい。

よって、ハンドクリームはあって困らないはずだ。

色々と嗅《か》いでみてなんとなくシジャル様のイメージに近い匂いを見つけ出す。

爽《さわ》やかなグリーンシトラスの香りで、近づかなければ解らないぐらいの軽い匂いにすることにした。

匂いの好みは人それぞれだからなんとも言えないが、悪くないと思う。

それから、自分用に淡《あわ》く菫《すみれ》の花の匂いがするハンドクリームを買った。

さりげない香りが凄《すご》く気に入ったからだ。

＊

プレゼントを買った次の日、ラッピングしたハンドクリームを料理長に手渡したら泣かれてしまった。

『いつも美味しいランチをありがとうございます』とメッセージカードもつけたのだけど、涙で滲《にじ》んでいく。

「家宝にします!!」

『いえ、使って下さい』

と書くはめになったのは仕方がないことなのだろう。

兄と一緒にご機嫌で食堂を出ると、第三王子であるファル様が立っていた。

「あは！　ユーエン。それに、アルティナ嬢《じょう》」

ファル様はニコニコ笑いながら私達に近寄ってきた。

「ファル様、何か御用《ごよう》でしょうか？」

「別に〜今日の業務は終わったから本でも読もうかと思って！　アルティナ嬢、ご一緒してもよろしいですか？」

ファル様は碧《あお》く美しい瞳《ひとみ》をキラキラと輝《かがや》かせてそう言った。

父が飼っている猟犬《りょうけん》の子犬のような、潤《うるお》いのある大きな瞳。

そんじょそこらの令嬢《れいじょう》では太刀《たち》打ちできないほどの可愛らしさなんだが。

ああ、嫌《いや》だな……私、犬が苦手。

だって、あの子達って構われたくて構われたくて仕方ない生き物じゃない。

一回ボールを投げてあげたら永遠に投げてくれるものだと思うし、私は読書がしたいのに構ってと全身でアピールしてくるあの生き物に……困ってしまうのだ。

怖《こわ》くもないし、可愛くも思うのだけれど苦手なのだ。

「ダメかな？」

王子様に言われて『ダメです。来ないで下さい』と言える人間が何人いるんでしょうか？と聞きたい。

私はそんなことを考えながら笑顔《えがお》を張り付けた。

図書館につくまでファル様は私に話しかけ続けた。

本当に子犬のような方だ。

私は笑顔を張り付けたまま図書館に入った。

ついてくるファル様。

でも、読書をするならここでお別れだ。

本を読みながら話しかける人間なんていない。

私がそう思っている横でファル様がオススメはないか聞いてきたので、今流行《はや》りの推理小説を渡した。

完全に没頭《ぼっとう》してしまえば話しかけてこないと思った私が甘かった。

私が恋愛小説を読んでいる横でファル様が『これ、誰が犯人だと思う？』とか『この主人公、性格悪すぎると思わない？』だとか話しかけてきたのだ。

構ってちゃん、この人構ってちゃんなのか？　私が最も苦手とする構ってちゃんなのか！　声の出ない令嬢に対してこの質問攻《ぜ》めは一体なんなんだ！

ファル様の存在は私の精神をガリガリ削《けず》るものだった。

「司書長！　お帰りなさい～予算会議どうでした？」

「いや～例年通り……にちょっと上乗せできました。ほら、今、図書館の利用者が増えているので」

「「ああ！」」

カウンターの方で司書様達の楽しそうな声がする。

見れば朝から姿を見なかったシジャル様がいるのが解って、私はホッとした。

なんとも言えない安心感が彼にはある。

「ねぇ？　アルティナ嬢、聞いてる？」

横にいたファル様が私の顔を覗《のぞ》き込んできた。

ビックリするからやめてほしい。

私はメモ帳を取り出すと『少し用事がありますので、席を立つことをお許し下さい』と書いて渡した。

ファル様がニコッと笑う。

私が席を立つと、何故《なぜ》かファル様もついてきた。

本当に子犬のようだ。

私は気にせずシジャル様のもとへ向かった。

「ファル様、アルティナ様」

私が近づいてきたのをシジャル様が直ぐに気がついてくれたので、用意していたハンドクリームを差し出す。

シジャル様は首を傾《かし》げて受け取ると中を確認してヘニャっと笑った。

「自分の分まで、気を遣わずとも」

私は『いつもお世話になっていますから』と書いてメモを手渡す。

シジャル様はそのメモを見つめると、私の手をメモごと掴《つか》み上げて顔を近づけてきた。

驚いた私にシジャル様はニコッと笑って言った。

「なんだかいい匂いがします。ハンドクリームの匂いでしょうか？」

私は慌ててコクコクと頷く。

「なんの匂いでしょうか？　花？　……エンジュリー君解りますか？」

「シジャル様、無闇《むやみ》に女性に触《さわ》るのはどうかと思いますよ」

「？　……ああ、すみません」

女性司書のエンジュリーさんは私の方を向くと言った。

「お手をお借りしてもよろしいですか？」

私が手を差し出すとエンジュリーさんはニコニコした。

「んーなんでしょうか？　でも、アルティナ様にとてもお似合いの匂いです！」

「マジで！　俺も俺も！」

エンジュリーさんの隣にいた、前に見たことのある司書の男性が手を上げると二人に止められる。

そんなやり取りを見てついニコニコしてしまった。

その時、ファル様が私のスカートをチョンチョンと引っ張った。

いけない、ファル様の存在を忘れていた。

「用事は終わった？」

私は作り笑いで頷いた。

「じゃあ、続き読も！」

ファル様が無邪気《むじゃき》に私の手を掴もうとしたその瞬間《しゅんかん》、シジャル様の弾《はず》んだ声がした。

「ファル様！　ファル様が本に興味を持って下さるなんて、自分感動いたしました」

「へ？」

「ファル様の家庭教師様方から『ファル様が興味を持つ本や教材はないか』と散々……いえ、沢山アドバイスを求められていたところなのです。それなので興味を持っていただけて嬉《うれ》しいです！」

シジャル様はニコニコしながらファル様の手を掴んだ。

「それで、どんな本にご興味を？」

気が動転した様子のファル様が口ごもるなか私はオススメした推理小説のタイトルを書いてシジャル様に手渡した。

「推理小説ですか！　素晴《すば》らしいですね！　しかもこのシリーズは現在二十五巻まで発売されており、いまだ連載中《れんさいちゅう》の大作です。大丈夫ですよ、自分が明日までに全て揃えて家庭教師様にお送り差し上げますから」

「ちょ、ちょょっと待ってシジャル!!」

「ファル様は直ぐに集中力が欠けてしまいますから、ご自身の部屋でゆっくり読むことをおすすめいたします」

「いや、あの」

「それに、アルティナ様は既にその本は読破していますから犯人が誰なのかご存知でいらっしゃいますし」

ニコニコしながら着実にシジャル様がファル様を追い詰《つ》めているように見えた。

「何より、本にのめり込むタイプのアルティナ様は、本を読んでいる時に話しかけられるのが苦手でいらっしゃるので……好感度が下がらないかと心配で」

「…………あっ！　僕、用事があったんだった！　じゃあ、またね！」

ファル様はそう言い残すと走っていってしまった。

「そんなに慌てなくても」

シジャル様はハハハっと笑ってファル様を見送る。

その後、私が読みかけの本を読んでいる間にシジャル様が二十五巻セットを持ってファル様の家庭教師に会いに行ったことを、その時の私は知るよしもなかった。

宝石姫　シジャル目線

その日、自分は婚約破棄《こんやくはき》された。

書類こそないが自分が五歳《さい》から許嫁《いいなずけ》だったメイデルリーナは伯爵家《はくしやくけ》の長女で気が強く、お喋《しやべ》り好《ず》きで自分は苦手なタイプだった。

見た目は可愛《かわい》いというより綺麗《きれい》だと思う。

対して自分の家は辺境伯《へんきようはく》という位。

普通《ふつう》に暮らしているだけで魔物《まもの》との遭遇率《そうぐうりつ》は高いし父も兄も平然と魔物の討伐《とうばつ》をこなすから、本ばかり読んで魔物討伐に手こずる自分は、非力でなんの取《と》り柄《え》もない人間だと思い込んでいた。

だけど貴族学園に通っている間に、父や兄が異常なだけで自分も人並み以上の力があることに気がついた。

気がついたところで自分には力など興味もなかったが。

自分の興味のほとんどは本だ。

物語の主人公になりきったり、膨大《ぼうだい》な知識を頭に入れる方が楽しくて、気づけば学園卒業後は司書になりたいと思うようになっていた。

本に囲まれて暮らしたいと思ったからだ。

だが、許嫁のメイデルリーナは自分に色々なことを要求するようになった。

やれ服装に気をつけろだとか、姿勢を正せとか、週に九回は会いに来いだとか。

服装や姿勢は直せるがさすがに週九回会うのは無理だ。

せめて週三回にならないかと聞いたら貴方《あなた》は私を愛していないと泣かれた。

だから、ここ数年はできるだけ時間を作り会いに行った。

愛していたのかと聞かれたら、義務のようなものだったと思う。

あのころの自分はメイデルリーナと結婚《けっこん》することが自分の最善なのだと思っていたのだ。

まあ、婚約破棄されたわけだが。

メイデルリーナは第二王子の婚約者候補に選ばれたらしい。

このままいくと自分の存在が邪魔《じゃま》になると思ったメイデルリーナの父親が頭を下げに来たのだ。

父や兄はふざけるなと怒《おこ》ったが書類を交《か》わしたわけでもないし、自分は特になんの感情もなかった。

むしろ週に九回会いに行かなくて良くなったことの方が自分には重要だった。

それに、婚約破棄した時には既《すで》に自分は司書長にまで上《のぼ》り詰《つ》めていて、本に時間を費《つい》やせる幸せを謳歌《おうか》していたのだ。

これからは本だけに時間を使える。

そう思った矢先に図書館に現れたのがアルティナ様だった。

アメジストの長い髪《かみ》に、ラベンダー色の美しい瞳《ひとみ》の女性。

宝石のような女性に誰《だれ》もが心を奪《うば》われていくのを目の当《ま》たりにした。

アルティナ様の手にする本は簡単な絵本から薬学図鑑《ずかん》まで幅広《はばひろ》く、読んでいる時の幸せそうな顔は男性の心を摑《つか》んで離《はな》さない。

そんな彼女と接点ができたのは、彼女の貸し出し書類を作る際に気づいたサイン漏《も》れ。

声をかけた時、彼女の口から漏れた小さな悲鳴は可愛らしく透《す》き通《とお》っていた。

ぎこちない動きで自分を見ると、彼女の瞳は涙《なみだ》でいっぱいになった。

ああ、これはダメだ。

こんな顔を誰かに見せたら連れ去られてしまう。

自分は害のない人間だと解《わか》ってもらわなくてはと、顔には出さないように必死に取り繕《つくろ》い、執務室《しつむしつ》まで連れていき事情を聞けば、彼女の声が出ないのは反抗期《はんこうき》の一環であって不治の病ではないと知った。

ゆっくりと声を出す姿は可愛らしい。

こんな可愛い姿を自分だけが一人占《ひとりじ》めしていることが不思議でならない。
自分にできることなら、なんでもしてあげよう。
如何《いかん》せん、自分は人のいいなりになりすぎた。
それにひきかえ彼女は、正解かは解らないが足掻《あが》いていた。
自分自身のために今できることを頑張《がんば》っているのだ。
だからこそ、彼女の力になりたいと思った。
彼女は自分が味方だと思ってくれたのだろう。
自分は彼女をフォローするために今までで一番声を出している。
声を出さない彼女の代わりに、自分が声を出していることに可笑《おか》しくなる。
不思議なことにいくら彼女が側にいても気にならないのだ。
穏《おだ》やかな時間に溶《と》け込む彼女を、むしろずっと眺《なが》めていたい。
こんな気持ちは、初めてだった。
彼女の時間を邪魔するやつはできる限り排除《はいじょ》しよう。
魔物を倒《たお》すよりは簡単なはずだ。
そんなことを考えながら、執務室で本を読む彼女を見つめてほくそ笑《え》むのだった。

寝言　ユーエン目線

その夜、アルティナに付けているメイドが僕の部屋を訪《おとず》れた。

メイドは俯《うつむ》き、言いづらそうに口を開いた。

「アルティナ様がお声を出されました」

「何!?」

急いでアルティナの部屋へ向かおうとする僕の服の裾《すそ》をメイドが掴《つか》む。

「アルティナ様のお声が聞けるのは寝言《ねごと》だけでございます」

「なんだと?」

メイドは悲しげな顔をしながら続けた。

「アルティナ様が夢にうなされてらっしゃる時に『お兄様ごめんなさい、リベリー姉様ごめんなさい、ラフラ姉様ごめんなさい』と寝言をおっしゃるのです」

メイドの言葉に息が詰《つ》まる思いがした。

「アルティナ様は朝になると声が出なくなるのです。無意識の時にだけ……これがストレスからくる症状《しょうじょう》だということは解《わか》っております。ですが、どうにかして差し上げたいのです」

メイドは今にも泣きそうになりながらそう訴《うった》えてきた。

そんな報告を受けた次の日、アルティナを図書館に連れていった後で司書長が歩いてくるのが見えた。

「司書長殿《どの》」

「おや、ユーエン様おはようございます」

「ああ、おはよう……」

僕の歯切れの悪い挨拶《あいさつ》に司書長は苦笑いを浮《う》かべた。

「心配ごとでしょうか？」

「……まあ、な」

司書長はニコッと笑った。

「お時間があれば、ご一緒に中庭で散歩などいかがですか？」

その時何故《なぜ》、司書長についていったのかはよく解らないが、誰《だれ》かにすがりたいような気がしたのかもしれない。

昨晩のメイドの話を司書長に話してしまった理由もそれだと思う。

「寝言ですか」

「ああ、寝言だ」

司書長は顎《あご》を擦《さす》りながら暫《しばら》く考えると笑った。

「良かったではないですか？」

「良くないだろ！　いまだに声が出ない上に、出せても寝言で僕らに謝罪しているんだぞ」

司書長は足下《あしもと》に咲《さ》く小さな花を摘《つ》み取ると言った。

「書物で読みましたが人とは忘れる生き物らしいのです。どんなに声を出せたとしても、数カ月無人島に一人でいれば言葉を喋《しゃべ》れなくなるといいます。寝言でも声を出せているということは、アルティナ様は声を出すことを忘れていないということ」

司書長はまたニコニコしながら花を摘んでいく。

「謝罪とはいえ無意識に声を出すほどご兄姉のことを思っているとは、愛ですね」

「………そうだろうか？」

司書長は手に持った紫色《むらさきいろ》の小さな花を僕に差し出した。

「王宮の中庭で拝借するのはどうかと思いますが、ラベンダーです。ラベンダーの香《かお》りはリラックス効果があるといいますから、近くに置いておけば悪い夢も見なくなるのでは？」

司書長はその花を僕に押《お》し付《つ》けると言った。

「大したアドバイスはできないかも知れませんが話ぐらいは聞きますよ」

正直、司書長の言葉は凄《すご》くありがたかった。

その後僕は第一王子の執務室《しつむ》に行くと、ラベンダーを紙にくるみ自分の鞄《かばん》の中に入れたのだった。

家に帰り、アルティナを部屋に送り届けると僕はラベンダーを鞄から取り出して渡《わた》した。

首を傾《かし》げるアルティナも可愛《かわい》い。

「ラベンダーだ。最近、夜うなされていると聞いたから」

アルティナは驚《おどろ》いた顔をしてからラベンダーに鼻を近づけて笑う。

「まあ、司書長がアドバイスしてくれたからなのだがな！」

僕の言葉にアルティナはキョトンとするとフニャリと笑った。

なんだ、今の顔は？

さっきの嬉《うれ》しそうな笑顔《えがお》よりなんだか緩《ゆる》んだ笑顔だったぞ？

アルティナは僕にペコリと頭を下げると部屋の中に消えていった。

僕は暫く部屋のドアを見つめて頭を抱《かか》えるのであった。

モヤモヤ

兄からラベンダーをもらった翌日、私は爽《さわ》やかな目覚めを実感していた。

匂《にお》いとは凄《すご》いものだ。

最近寝覚《ねざ》めが悪かったのだが、ラベンダーを枕元《まくらもと》に置いて寝たら夢すら見ずにぐっすり眠《ねむ》ることができた。

兄にアドバイスをしてくれたシジャル様にお礼を言わなくては。

身支度《みじたく》を調《ととの》え、兄と一緒《いっしょ》に朝食をとっていると、何故《なぜ》かチラチラこちらをうかがっているのが解《わか》った。

言いたいことがあるなら言えばいいのに。

そう思ったのと兄が口を開いたのは同時だった。

「よく眠れたか？」

『はい。ぐっすり』と書いて渡《わた》したが、なんだ！　ラベンダーの効果を聞きたかったのか！

兄は少し挙動不審《ふしん》にそうか、とだけ返してパンを口に運んでいた。

なんだか兄が変だ。

いつも通り、王立図書館に行くために乗った馬車の中で兄は意を決したように口を開いた。

「お前、司書長のことは好きか嫌《きら》いかで言ったらどっちだ?」

この人は何を言っているのだろうか?

私はメモを取り出すと一言書いた。

『好きです』

あんなに私の秘密を守ろうとしてくれる人を嫌いだなんて言えるわけがない。

好きか嫌いかで言ったら好きだ。

「そ、そうか……好き……か……」

何故か兄の肩《かた》がプルプル震《ふる》えて見えた。

「そうか、司書長……いいやつだもんな……」

私は兄の言葉に嬉《うれ》しくなって大きく頷く。

私の頷きに、兄は苦笑いを浮《う》かべていた。

暫《しばら》くしてついた図書館のドアの前に、第二王子のライアス様が立っていた。

はっきり言って邪魔《じゃま》だ。

「ユーエン！」

兄に用なのか、ライアス様が走り寄ってきた。

「妹君もおはよう」

挨拶《あいさつ》をされたので頭を下げておく。

「何か、御用《ごよう》でしょうか？」

兄の言葉にライアス様は私の方をチラチラ見ながら言った。

「妹君が俺の婚約者候補《こんやくしゃ》にあがっていると聞いたので挨拶をしておこうと思ってな」

私は思わず首を傾《かし》げた。

「ライアス様、妹は婚約者候補から外れました。挨拶は不要です」

「はぁ？」

「妹の声が出なくなった時点で外されました」

兄はジリジリとライアス様に近づき言った。

「むしろ僕は、これ以上妹が傷つかぬよう貴方様《あなたさま》には近寄らないでいただきたいものです」

「ち、ちょっと待てユーエン！　俺はそれに関知していない」

「でしょうね。ですが、国王陛下がお決めになったことです」

どうしよう。

図書館は目の前、ドアをそっと開けて中に入ってしまっていいだろうか？

私がそんなことを考えていると、兄と話していたはずのライアス様が目の前にいた。

驚《おどろ》いている間に、ライアス様は私の手をガシッと掴《つか》む。

「俺はけして貴女《あなた》を候補から外したつもりはない」

えっ？　困る。

私がそう思った瞬間《しゅんかん》だった。

「おや、騒《さわ》がしいと思ったら。おはようございます」

のほほ～んとした声に顔を上げると、図書館のドアを開けてこちらをうかがうシジャル様が見えた。

「シジャル、騒がしくして悪かったな。直《す》ぐに場所を変える」

「いえ、ライアス様との話は終わりました。司書長殿、アルティナを中に」

兄の眉間《みけん》にシワが寄っている。

あの顔をしている兄は本当に怖《こわ》い。

「まだ、妹君と話が終わっていないだろ！」

「ですから、アルティナはライアス様の婚約者候補から外れているので話す必要などないのです。どうぞ、婚約者候補に残ったご令嬢《れいじょう》とお話しして下さい」

まったくだ。

私もコクコク頷いた。

それを見ていたシジャル様が目を大きく見開き、その後クスクスと笑った。

「ライアス様、無理やりはいけませんよ。印象を悪くするだけです」

いつものニコニコに戻《もど》ったシジャル様は私達に近づいてきた。

そして摑まれていた私の手を流れるような動きで抜《ぬ》き取ると、ササッと図書館のドアの前まで誘導《ゆうどう》してくれた。

結構がっちり摑まれていたのに、どうやったのだろう？

「ユーエン様、自分もアルティナ様に少し用事がありまして。ライアス様との話が終わっているのであれば申し訳ないのですがアルティナ様をお借りしてもよろしいでしょうか？」

「許そう」

「ありがとうございます。では、アルティナ様参りましょう」

シジャル様はライアス様が喋《しゃべ》り出す前に、すばやく兄に許可をとり図書館の中に私を連れて入った。

その瞬間、何処《どこ》からか拍手《はくしゅ》の音が響《ひび》く。

見ればカウンターにいた年配の女性司書様も拍手していた。

「司書長ったらやるじゃない！　胸がスッとしたよ」

どうやら廊下《ろうか》での出来事は図書館の中に聞こえていたようだ。

「ハハハ、お恥《は》ずかしい。アルティナ様、もう大丈夫《だいじょうぶ》ですよ」

シジャル様の笑顔《えがお》に安心感を得た後、乱暴に掴まれたのが怖かったのか今頃になって手が震えてきた。

それを見たシジャル様は私の手を優《やさ》しく包むと言った。

「新しい茶葉をいただいたのですがいかがですか？　それともホットチョコの方がいいですかね？」

「今日の司書長の机のお菓子《かし》は高級チョコレートだから紅茶がいいよ！」

「なんで知ってるんです？」

「一ついただきました」

二人の会話に思わず笑ってしまった。

「私らの宝石姫《ひめ》にはずっと笑っててほしいもんだよ！　ねぇ、司書長」

「はい。微力《びりょく》ながらできるお手伝いはいたしますよ」

ああ、ここが私の居場所でいいと言われたみたいだ。

なんだか嬉しくなって大きく頷いておいた。

その後、シジャル様の執務室《しつむしつ》で猫《ねこ》のカップに紅茶を淹《い》れてもらい、チョコレートと一緒にいただいた。

何から何までシジャル様には感謝しかない。

どうお礼をしたらいいのだろう？

私がそんなことを考えていたら、シジャル様がゆっくりと言った。

「アルティナ様、ありがとうございます」

「へ？　……お礼は私がしなくてはいけないと思うのですが」

「いえ、アルティナ様がライアス様を拒《こば》んだのを見たらなんだか気持ちがスッキリしました」

どういうこと？

私が首を傾げているとシジャル様はニコニコしながら説明してくれた。

シジャル様には婚約者がいたのだけど、ライアス様の婚約者候補に選ばれた途端《とたん》に婚約破棄《はき》されたのだと。

「いや～、自分の性格の悪さにまで笑えてしまう」

シジャル様はそう言って笑ったが、私の中にはモヤモヤが残った。

その令嬢はこんなによくしてくれるシジャル様よりライアス様がよかったのだろうか？

私ならシジャル様の方が断然いい。

……私は何を考えているんだ！

私は慌《あわ》てて紅茶に手を伸《の》ばし、気持ちを落ち着けるためにゆっくりと口に含《ふく》むのだった。

＊✦＊✦＊

姉二人が揃《そろ》って家に帰ってくる時はお茶会や夜会のお誘《さそ》いがあるからだと私はずっと思っていた。

『今日はなんのお誘いですか？』

私のメモを見て二人はニコニコと笑った。

「姉妹三人だけのお茶会をしましょ」

「お兄様から聞いたのよ！　アルティナにいい人ができたって！」

……いい人ってなんだっけ？

私のキョトンとした顔に、リベリー姉様がじれったそうに言った。

「とぼけるつもり？　司書長様のことよ！」

ポカンとする私に、今度はララフラ姉様が気に入らなそうにフンっと鼻を鳴らした。

「正直私の大事なアルティナにあんな冴《さ》えない男なんて！　って思ったけど、お兄様のお話をちょっと聞いたら、ちゃんとアルティナのピンチを助けてくれているみたいなんだもの！　文句も言えないじゃない！」

ラフラ姉様はメイドが淹れてくれた紅茶を飲むとため息をついた。

「それにアルティナが司書長様をいいと思うなら仕方ないわ！」

「あら、私はラフラほどあの方が冴えない男なんて思ってないわよ。だって綺麗《きれい》な顔をしてるもの」

二人の話から総合すると、私がシジャル様を好きだと思っているようだ。

そう言えば、兄にシジャル様を好きか？　みたいなことを聞かれた覚えがある。

「私が知っている情報では、メイデルリーナ・ホフマン伯爵《はくしゃく》令嬢が司書長様の幼馴染《おさななじ》みで元婚約者《こんやくしゃ》だったわよね。ラフラ」

「自慢話《じまんばなし》しかしないあの娘《むすめ》ね。私あの娘嫌《こ》い」

リベリー姉様が意気込んで言った名前に私は息を呑《の》んだ。

『その幼馴染みさんの話、聞きたいです』

二人はウキウキした顔で頷いてくれた。

姉達の話によると、メイデルリーナ・ホフマン伯爵令嬢というのは話の中心が自分でないと気がすまない人らしい。

しかし出会った当初のメイデルリーナさんは、社交界の女神《めがみ》と呼ばれるほど自然と周りに人が集まってくるタイプで、ピラミッドの頂点のような存在だった姉達の取り巻きに入りたがったらしい。

だが、姉達がメイデルリーナさんと友達になることはなかったという。

「まあ、アルティナったら不思議そうね。私は気にしないけど、取り巻きになりたいなんて他力本願な令嬢とラフラが仲良くできる気がしないと思わない？」

「姉様だって自分が築き上げてきたものを掠《かす》め取ろうとされたら腹がたつでしょ！」

「ふふふ、私が自分のものを掠め取られるわけがないじゃない。私、ラフラとアルティナ以外には誰《だれ》にも譲《ゆず》ってあげるつもりないのよ」

リベリー姉様の迫力《はくりょく》にさすがのラフラ姉様も黙《だま》ってしまった。

そうか、姉二人は社交界で生き抜くために頑張《がんば》っていたのだ。

私みたいに社交界で生きていくつもりもない人間とは違《ちが》うってことだ。

「そういえばアルティナ、彼女と会ってますわよ」

「そうよ！　この前連れていったお茶会で、第二王子様の婚約者候補に残っているからって絡《から》んできたあの女よ！」

……………うん。そんなことあったけど顔は覚えていない。

「司書長様はメイデルリーナ嬢を溺愛《できあい》していると自慢してたのを聞いたことがあるわ」

「メイデルリーナ嬢に嫌われたくなくて服装に気をつけるようになったとか。まあ、ラフラも私も興味のない話だったのだけど」

もし万が一、シジャル様がいまだにメイデルリーナさんを好きで、そのメイデルリーナさんを奪《うば》う形になったライアス様を目《め》の敵《かたき》にしているのなら、あの時のシジャル様のスッキリした表情も納得《なっとく》できる気がする。そう思った時、何故だか息が詰まる気がした。

『司書長様はまだメイデルリーナさんが好きなのでしょうか?』

私がメモに書いた言葉に二人は驚いたようだった。

「まあ！　アルティナ！　ジェラシーね！」

「ああ、姉様！　アルティナは本気なんだわ！」

「大丈夫よ！　無口でなんの趣味も持ち合わせていないような司書長様でもアルティナが好きと言えばイチコロよ！」

「そうね！　見た目は感情を読み取らせない面白《おもしろ》みのない男でも、一応女性と付き合ったことがあるんだから大丈夫よ！」

姉二人が私をはさむように抱《だ》きついてそう言った。

だが、二人は誰のことを言っているんだ?

シジャル様は無口じゃない。

いつもニコニコしているし表情も豊かだ。

私の知ってる司書長様はシジャル様だが、姉二人の言ってる司書長様は別人なんじゃ?

動かなくなった私を姉二人が心配そうに見つめてきた。

『あの、司書長様ってシジャル様のことではないのですか？』

　私のメモに二人は首を傾げた。

「『シジャル・ミルグリット辺境伯《へんきょうはく》子息でしょ？』」

　同姓《どうせい》同名の辺境伯子息は存在しないだろう。

『シジャル様は無口でも無表情でもありませんよ』

　姉達の驚いた顔に私が驚きそうになった。

　姉達は何回かメイデルリーナさんとシジャル様が一緒にいるところを見たことがあり、どの時も無口で無表情だったからそういう類いの人間だと思っていたらしい。

　だけど私の中のシジャル様は、いつもニコニコしていて私が困ると駆《か》けつけてくれて秘密を守ってくれて甘《あま》いものが好きで可愛《かわい》いものも好きな……不思議な人。

　私の周りにはいなかった、穏《おだ》やかな時間が流れている人だ。

　二人にどう説明しようか考えていたらリベリー姉様が手をポンと叩《たた》く。

「明日、ララフと一緒に王立図書館に行こうと思っていたのよ。刺繍《ししゅう》の本を探したくて、ねララフ」

「そ、そうね！　私も薔薇《ばら》の品種の本が見たいわ！　アルティナ、案内してくれる？」

　二人は動かなくなった私に気を使ったのか話題を変えてくれた。

　二人の優しさに、笑顔を作って頷いたのだった。

司書長様　ララ目線

アルティナの気持ちを確めたお茶会の次の日、リベリー姉様も一緒《いっしょ》に兄妹四人で王立図書館へやって来た。

家族でぞろぞろ行く場所ではないと思うのだけど、お兄様はすぐに仕事へ行ってしまったので、さっそくアルティナの想《おも》い人《びと》を探すがカウンターには年配女性と若い女性の二人だけ。

「で？　アルティナは司書長様に挨拶《あいさつ》はしないんですの？」

「そうねお姉様！　何処《どこ》にいるのかしら？　見当たらないわね！」

アルティナは私達が純粋《じゅんすい》に本を探しに来たと思っているらしく、真意に気がつき少しほっぺを膨《ふく》らませていて可愛《かわい》かった。

アルティナは『執務室《しつむしつ》では？』と書いて私達に見せると、書架《しょか》へと引っ張っていく。

刺繍《ししゅう》の棚《たな》まで来て、アルティナが固まった。

そこには私達が探していた司書長様がいたからだ。

左手に本を沢山抱《たくさんかか》え、右手で丁寧《ていねい》に棚に戻《もど》していた。

そんな司書長様は、なんだか美しく見えた。

「おや、おはようございますアルティナ様」

アルティナはゆっくりと頭を下げた。

その時、司書長様と目が合った。

「こんなに美しい人が沢山いては、今日の図書館はいつも以上に忙《いそが》しくなりそうですね」

司書長様の言葉に私と姉様は、まあ！　っと声をあげた。

だって男性から美しいと言われて喜ばない女性はいないと思うもの。

それなのにアルティナはちょっと呆《あき》れたように私達を見ている。

対して司書長様は重そうな本を沢山抱えているのに汗《あせ》一つかいていない。

なかなかの力持ちのようね。

「どうぞ、ごゆっくり。貴女様方《あなたさまがた》に相応《ふさわ》しい本が見つかりますように」

司書長様はそう言って本を棚に返すと去っていった。

前にメイデルリーナ嬢と一緒にいるところを見た時と全く違《ちが》う爽《さわ》やかな笑顔《えがお》だった。

営業スマイルってやつかしら？

「あんなに笑う方だったのですわね」

姉様も同じイメージを持っているようだった。

それもそうね。

私と姉様は同じ状況《じょうきょう》でしか司書長様を見ていないのだから。

メイデルリーナ嬢が言っていたイメージとも違うし、仕事をしている時の司書長様は人当たりが良さそう。

私がそう考えていると、いつの間にかアルティナが、私が読みたいと言った薔薇《ばら》の品種が載《の》った本を差し出してきた。

大きくて分厚い本に驚《おどろ》く。

手に持ってみたら凄《すご》く重くて泣きたくなった。

アルティナが手馴《てな》れた様子でテーブル席をすすめてくれたので、私は大人しくそこで本を開くことにした。

見れば私の隣《となり》の席で、姉様もとっても複雑で目眩《めまい》がしそうなほど細かい刺繍の本を手渡《てわた》されていた。

アルティナを怒《おこ》らせてしまったのかもしれない、と私と姉様はちょっとだけ反省した。

お昼が近くなって本から顔を上げると、リベリー姉様が若い男にしつこく声をかけられていた。

昔、お姉様に付きまとっていた伯爵《はくしゃく》子息だと気がつき席を立とうとしたその時、司書長様が現れた。

「神聖な図書館で女性に絡むのはやめて下さいませんか」

「お前には関係ないだろ！」

逆上した怒声に動揺《どうよう》すらしないで、ニコニコと笑顔を崩《くず》さない司書長様は軽々と伯爵子息の手を捻《ひね》りあげると言った。

「図書館での問題行為は関係なくありません」

だけど、その伯爵子息って騎士団《きしだん》所属だったはず。

思った通りすぐに体勢を変えてすり抜《ぬ》ける。

早く助けを呼ばないと。

そう思った時には伯爵子息が腰《こし》にさしていた剣《けん》を抜こうとしたのが解《わか》った。

「武器ですか？　では手加減は不要ですね」

司書長様はそう言うと伯爵子息の手を摑《つか》み、脇腹《わきばら》に膝蹴《ひざげ》りをいれ素早《すばや》く足を払《はら》い倒《たお》すと言った。

「こんな狭《せま》い場所で剣を抜くのはかえって不利ですよ。それに本を傷つけられては困る。貴方《あなた》は今後一切《いっさい》の図書館への立ち入りを禁じます」

伯爵子息はすでに目を回していて聞こえているか定《さだ》かではない。

そんなことより、鮮《あざ》やかな身のこなしに驚いた。

格好いいじゃない！

司書長様は目を回した伯爵子息を軽々とかつぎ上げるとカウンターに向かった。

「エンジェリーナ君、ちょっと騎士団に彼を捨ててくるから、何かあったら呼んで下さい」

「シジャル様が暴れた後で何かしようとする人は絶対に出ません。さっさと捨ててきて下さい」

「はい、行ってきます」

司書長様はそのままスキップでもしそうな勢いで図書館を出ていった。

他の司書さん達の反応が慣れきっている。

呆然《ぼうぜん》としていると年配の女性司書さんが近づいてきて心配そうに声をかけてくれた。

「宝石姫《ひめ》のお姉様。大丈夫《だいじょうぶ》でしたか？」

「……ええ」

「すみませんね。たま〜にいるんですよ、図書館がどういう場所か解ってない脳筋が。司書長が騎士団長様にキツ〜く言い聞かせてきて下さいますからご安心を」

私は急いで姉様に近づき手を握《にぎ》った。

「姉様、大丈夫？」

「ええ。まさか人妻になっても言い寄られるとは思ってなくて怖《こわ》かったのだけど………

ビックリに変わってしまったわ」

同意見だわ。

どうしてあんなに強い人が司書なんてしているの？

司書長だから強いとか？

謎《なぞ》だらけだわ。

私と姉様が理解に苦しんでいると遠くの方からアルティナが走ってくるのが見えた。

どうやら、アルティナはとっても奥《おく》にいたみたい。

慌《あわ》てているのが解ってなんだか少し安心する。

「アルティナ大丈夫よ、司書長様が助けて下さったから」

私の言葉に、アルティナは瞳《ひとみ》に涙《なみだ》をためて安堵《あんど》の息を吐《は》いた。

姉様は安心させるように抱《だ》き締《し》めてあげたが、むしろ安心からか、アルティナの瞳から真珠《しんじゅ》のような涙がこぼれた。

本当に私達の妹は可愛い。

「まあああまああ！　宝石姫、ビックリなさったんですね！　司書長が全部悪いわ！　甘《あま》いものでも食べれば涙が止まるかも知れないわね！　司書長の引き出しの中のマカロンをとってきましょうね」

年配司書さんはそう言ってアルティナの頭を撫《な》でたけれど、ポロポロと涙を流すばかり。

「たまたま、騎士団長を近くで捕《つか》まえられたので引き渡してきまし……た!?」

予定より早く帰ってきた司書長様がみるみる青くなった。

「ア、アルティナ様どうなさいましたか？」

明らかにオロオロする司書長様に、カウンターにいた若い女性の司書さんがニヤニヤしながら言う。

「シジャル様が暴れるから、宝石姫が泣いちゃったじゃないですか～」

「！！！　自分、えっ？　自分のせい？　あ、すみません、ごめんなさい！」

慌てた司書長様は勢いよく頭を下げた。

それを見てアルティナはプルプルと首を横に振った。

司書長様は顔を上げポケットに手を突っ込んだが直《す》ぐに絶望的な顔をすると、袖口《そでぐち》でアルティナの涙を拭《ぬぐ》ってあげていた。

「ハンカチはあるのですがクシャクシャなので、ちょっと我慢《がまん》して下さい」

そんな司書長の行動にアルティナはヘニャっと笑った。

ああ、お似合いだわ。

アルティナのあんなに緩《ゆる》んだ顔を私は見たことがないもの。

姉様を見れば私と同じことを考えている顔をしていた。

そして、姉様は私を見ると笑みを浮《う》かべた。

アルティナの横には彼が一番だわ。
なら邪魔《じゃま》が入らないうちに外堀《そとぼり》を埋《う》めなくちゃ。
私達の大事な妹という名の宝物ですもの、私達より幸せになってもらいたい。
さあ、午後からは姉様と、司書長を捕まえる作戦会議をしなくちゃ。
そんなことを考えていた私と姉様は、同時にクスクスと笑いだしたのだった。

誓い　シジャル目線

自分はどうやらアルティナ様の涙《なみだ》に弱いようだ。

真珠《しんじゅ》のような涙をポロポロと流す姿は美しく儚《はかな》げで、アルティナ様が揺《ゆ》らいで消えてしまいそうに見える。

アルティナ様の姉君に言い寄った男を騎《き》士《し》団長《だんちょう》に投げつけて帰ってきた時は本当に息が止まるかと思った。

絡《から》まれた本人ではなくアルティナ様が泣いてしまっている事実にも、かなりビックリした。

姉君が絡まれたのだから仕方がないのだろうが、静かに涙を流すアルティナ様の顔を他の誰《だれ》かに見せるのは本当に危ないと思う。

自分ですら今にも消えてしまいそうだと思うのだ。

他の男ならこの世に繋《つな》ぎ止《と》めるために手を伸《の》ばし、抱《だ》き締《し》めたいと思うに決まっている。

ポケットに手を入れ、ハンカチを探せばクシャクシャの感触《かんしょく》に絶望する。

アルティナ様に、こんなものは渡《わた》せない。

仕方なく、前と同じように袖《そで》で涙をふくとアルティナ様はへニャっと笑った。

なんだこの可愛《かわい》い生き物は！

ただでさえ美しいのにそんな顔を！

危険だ！

普通《ふつう》の男なら放っておかないだろ？

いや、今現在でもアルティナ様を嫁《よめ》に欲しい男なんて星の数ほどいるだろうに。

なんて無防備なんだ。

ユーエン様が過保護になるのも頷《うなず》ける。

変な男に捕《つか》まるなんてことになったらその男を殺したくなるだろう。

解《わか》る、ユーエン様の気持ちが大いに解る。

早くいい男を見つけて世の男達を諦《あきら》めさせないと安心なんかできないだろう。

しかしユーエン様の審査《しんさ》は厳しそうだ。

自分の知っているいい男は……駄目《だめ》だ、そもそも自分には知り合いが少ない。

父の友人の騎士団長に、いい男がいないか聞くか？

だが、あの人のいい男の基準がユーエン様のいい男の基準と合致《がっち》しているかは疑問すぎる。

たぶんライアス様とファル様は論外だから、彼らとは違うタイプの人間……ってなんだかいつの間にか、アルティナ様の父親か兄のような気持ちになっていた。

これは自分が考えることじゃない。

……ユーエン様に少しだけアドバイスするのはアリだろうか？

ユーエン様が聞いてくれなかったらナシか？

聞いてくるように仕向ける？

いや、頭のいいユーエン様を上手《うま》く誘導《ゆうどう》できるとは思えない。

そんなことをぐるぐると考えていると、アルティナ様の姉君二人が自分の横に立った。

二人ともアルティナ様と同じく美しい女性だ。

両手に花とは、まさにこのことか？

不意にそう思った。

「アルティナ、せっかくだからマカロンをもらってらっしゃいな」

「お姉様の言う通りよ！　そのままじゃ目が腫《は》れてしまうわ！　冷やしてもらってらっしゃい」

姉君達の言葉に、カウンターにいたエンジェリーナ君が控《ひか》え室《しつ》にアルティナ様を連れていく。

ホッとしたのも束《つか》の間《ま》、両側から腕《うで》を摑《つか》まれた。

何事かと思い左右を交互《こうご》に見ると、姉君達が綺麗《きれい》な顔に迫力《はくりょく》をのせて言った。

「「ちょっと、お話よろしいかしら？」」

逃《に》げ出したいと、強く思ったのは秘密である。


二人に図書館の奥《おく》に連行された自分は、さながら人形のようだったに違いない。

なんだろう？　アルティナ様を驚《おどろ》かせて泣かしてしまったからだろうか？

「「司書長様」」

「は、はい」

「司書長様はアルティナのことをどうお想《おも》いですの？」

たしかラフラ様と呼ばれていた姉君が自分に詰《つ》め寄《よ》ってきた。

ああ、自分がアルティナ様に邪《よこしま》な気持ちを持っていないか心配なさっているのか。

「え、え～っとですね。お恥《は》ずかしながら、父親のような兄のような気持ちとでもいいましょうか？」

さっき感じたことを言葉にすると、ラフラ様の眉間《みけん》にシワが寄った。

いかん、怒《おこ》らせてしまった。

他人のくせに気持ち悪いと思われたに決まっている。

「では、恋愛《れんあい》感情はないと思ってよろしいのかしら？」

リベリー様がスッと冷たい視線を送ってくる。

「はい。恋愛感情などというものは一切《いっさい》持ち合わせておりません」

安心してもらえるように言い切ったのに、二人の口元がヒクヒク痙攣《けいれん》する。

こ、怖《こわ》い。

力の強い魔物《まもの》と対峙《たいじ》した時のようなプレッシャーに押《お》し潰《つぶ》されそうだ。

「アルティナってほら！　可愛いでしょ！　しかも綺麗で胸も大きくて魅力的《みりょくてき》じゃない！　それでも恋愛感情はないとおっしゃるの？」

「アルティナ様が魅力的であるのは解っています。ですが、恋愛感情はないと断言できます！」

ラフラ様に念押しされたのではっきりと答えた。

これで安心してもらえる。

そう思ったのに二人はゆっくりと頭を抱《かか》えてしまった。

そ、そんなに自分は信用の置けない人間なのか？　と泣きたくなる。

「ち、ちっとも？　お嫁に欲《ほ》しいな～とか一瞬《いっしゅん》たりとも思わない？」

「考えたこともございません」

そんな恐れ多いこと、考えるのもおこがましい。

自分は婚約破棄《こんやくはき》されるような面白《おもしろ》みのない男だ。

アルティナ様には一緒にいて楽しく非の打ちどころのない、いい男が相手でないとダメだろ？

自分が釣《つ》り合《あ》わないことぐらい初めて会った時から解っていたことだ。

こうして仲良くなれただけで満足している。

「じ、じゃあ！　メイデルリーナさんのことは？　……今も好きなのかしら？」

元婚約者の名前が出たことに驚いた。

自分は暫《しばら》く黙《だま》ると、ゆっくりと聞いた。

「ここだけの話にして下さいますか？」

「「も、勿論《もちろん》よ！」」

一つ息を吐《は》き、自白することにした。

「実は、メイデルリーナのことが……苦手で」

「「はあ？」」

「あ、いや、親同士の口約束とはいえ婚約していたので、できるだけ歩み寄ろうとはしましたが、彼女の性格がどうも苦手でして……彼女がライアス様の婚約者候補に選ばれて、正直ホッとしているというのが本音です」

その瞬間《しゅんかん》、お二人がやっと笑顔《えがお》になってくれた。

「では、メイデルリーナ嬢よりアルティナの方が好きってことでいいのね！」

ラフラ様が確かめるように聞いてくる。

「アルティナ様とは趣味《しゅみ》が一緒《いっしょ》ですから」

お二人とも困ったような顔をされていたが、納得《なっとく》して下さったようだ。

そして帰《かえ》り際《ぎわ》に自分の背中をバシバシと叩《たた》きながら頑張《がんば》って下さいね！　と念を押すように言って帰っていった。

嵐《あらし》のような方達だったが、頑張れとはアルティナ様を守れということだろう。アルティナ様に邪な気持ちを持たなければ側にいても許すということだろうと理解した。

その日自分は、自分のできる精一杯《せいいっぱい》でアルティナ様を守ろうと、強く誓《ちか》いをたてたのだった。

婚約？

「単刀直入に聞く。アルティナ、司書長と婚約《こんやく》する気はあるか？」

兄と姉達に呼び出され何事かと思って来てみれば、突拍子《とつぴようし》もないことを言われた。

何故《なぜ》こんなことになったのか？

………兄の勘違《かんちが》いから姉達が勘違いしたのはなんとなく解《わか》る。

だが婚約とは、話が飛びすぎではないのか？

『シジャル様は婚約破棄《はき》したばかりだと聞いています』

私が書いて渡《わた》すと兄達は眉間《みけん》にシワを寄せた。

「だが、聞いた話では口約束程度だったらしいし、ちゃんとした申し入れと書面を送れば無理な話ではないと思う」

兄の言葉に姉達も激しく頷《うなず》いていた。

「勿論《もちろん》、アルティナが嫌《いや》だと言えばやめる」

「アルティナ、無理にとは言わない！　でも、凄《すご》くいい人だって私は思ったわ」

兄とララフ姉様の言葉に戸惑《とまど》う。

そんな私に近寄ってきたリベリー姉様が私の頭を撫《な》でながら言った。

「聞いてもいいかしら？　アルティナは司書長様と一緒《いっしょ》にいてどう？」

私は首を傾《かし》げて考えてからメモ帳に『落ち着きます』と、書いて見せた。

「じゃあ、メイデルリーナさんの話を聞いた時はどうだった？」

メイデルリーナさんと口約束とはいえ婚約していて、彼女を好きだったと聞いた時は……『息が詰《つ》まるかと思いました』。

私が書いた言葉は、私が見ても好きだと言っているようなものだった。

小説の中のヒロイン達が感じるもどかしさを今、自分が体験しているのだ。

文字にしたから解った。

私はシジャル様が好きなのだ。

「アルティナ、司書長様はいい男性だわ。放っておいたら直《す》ぐに他の女性に持っていかれてしまうんじゃないかしら？　私だってこの前のようにスマートに助けられたら運命を感じてしまったと思うわ」

リベリー姉様の言葉は私の中に染み渡った。

シジャル様の側は居心地《いごこち》がいい。

でも、シジャル様が他の誰《だれ》かと結婚をしてしまったらもう側にはいられない。

シジャル様はお優《やさ》しい方だから、困っている女性がいたら私にしてくれたように助けるだろう。

だけど私は特別な存在じゃないから、他の女性と仲良くしてほしくないなんて我《わ》儘《まま》は言えない。

『シジャル様は迷惑《めいわく》でないでしょうか？』

私が書いた言葉にラフラ姉様が肩をすくめた。

「私と姉様が調べたところ、司書長様はアルティナのことを妹か娘《むすめ》のように思っているみたい」

心臓を槍《やり》で貫《つらぬ》かれたような痛みが走る。

思わず胸の上に手をのせてしまった。

「で、でも！　メイデルリーナさんより好きだって言ってたわ！」

リベリー姉様のフォローに気持ちが少し浮上《ふじょう》した。

「とにかく、アルティナは司書長と婚約を結びたいと思っているんだな⁉」

兄の力強い言葉に私は小さく頷く。

「解った。僕が必ず司書長と結婚させてやる。だから、アルティナも司書長をその気にさせろ！」

兄の言葉に私は頭の中が真っ白になった。

えっ？　その気にって何？

どうやったらいいの？

「アルティナ、この話は司書長が嫌だと言ったらどうにもならない話だ。アルティナが頑《がん》張《ば》って司書長にずっと一緒にいたいと思わせなければいけない話だ！　解るな！」

解りたくない、でも、解ってしまう。

ずっと一緒にいたいと思わせる。

私は顔に不安を滲《にじ》ませた。

「勿論、ラフラも私も協力しますわ」

「そうよ！　お姉様の言う通りよ！　自信を持って！」

姉達の言葉に勇気をもらい、私は立ち上がった。

できることをするんだ！

シジャル様との穏《おだ》やかな時間をキープするために！

私は拳《こぶし》を握《にぎ》り締《し》めた。

そして、シジャル様を誘惑《ゆうわく》し、好きになってもらうと決意したのだった。

解ってない　ユーエン目線

僕は決めた。

アルティナの伴侶《はんりょ》を司書長にすると。

まず、話をしようと司書長に会いに行った。

「司書長殿《どの》、あの……相談があるんだが」

「ユーエン様！」

僕の言葉に司書長は、パァっと明るい笑顔《えがお》を作った。

な、なんだ？　まさか、僕の言いたいことが解《わか》っているのか？

「ユーエン様、解っています。ちょっとよろしいでしょうか？」

僕が頷くと司書長は僕を騎士団《きしだん》の訓練所に連れていった。

何故《なぜ》こんな場所に？

「アルティナ様の婚約者《こんやくしゃ》に相応《ふさわ》しい人間を騎士団長に見繕《みつくろ》っていただけるように話したのです」

自信ありげに胸をはる司書長に僕は絶望した。

こいつ、解ってない。

「おお！　シジャル！　にユーエン殿！」

手を振《ふ》る騎士団長に僕は更《さら》に絶望した。

騎士団の中からアルティナの伴侶を選ぶなんて無理だ。

脳筋の多い騎士団の中で本好きなアルティナに合う理性的な男がいるとは思えない。

いや正確には一人いた。

ラフラの夫である副団長のパルマぐらいだ。

頭を抱《かか》えたくなる僕を他所《よそ》に、三人の男が紹介《しょうかい》される。

名前は覚える必要もない。

言うなら、顔はいいがヒョロッとした男と爽《さわ》やかだがゴリゴリのマッチョと強そうだが熊《くま》みたいな男。

皆《みな》、頭が悪そうに見えるのは気のせいか？

「義兄《にい》さんすみません。俺がついていていながらこんなことになってしまって」

慌《あわ》てたようにパルマが走ってきた。

「こんなことになったなんてラフラに知られたら……解ってるのか？」

小声で呟《つぶや》けばパルマは震《ふる》え上がった。

「ラフラが帰って来るというなら僕は止めん」

「ひっ。義兄さん、そんなこと言わないで下さい！」

怯《おび》えたパルマはほっとくことにして、僕は騎士団長に視線を移した。

「騎士団長殿、この度《たび》はアルティナのためにお手数をおかけしました。で、この中で一番強いのは？」

「そうだな～」

ニコニコしながら成り行きを見守る司書長が憎《にく》らしい。

「団長、コイツらの強さを実際に見てもらうのはどうでしょう？」

「パルマ！　いい考えだな！　デスマッチか？」

それを聞いてやる気マンマンの三人に嫌《いや》になる。

「司書長殿、貴方《あなた》に見極《みきわ》めてほしいのでまざっていただけますか？」

突然《とつぜん》のパルマの提案に司書長が首を傾《かし》げた。

パルマは何を言ってるんだ？　司書長をまぜて、もしアルティナの想《おも》い人を傷つけたなんて解ったら、ラフラの逆鱗《げきりん》に触《ふ》れてしまうというのに。

「おいおいパルマ、意味解ってんのか？」

「勿論《もちろん》、団長が言いたいことは解ってます。俺にとってもアルティナは可愛《かわい》い義妹《いもうと》ですから、半端《はんぱ》なやつにはやれません」

騎士団長はため息をつくと司書長の背中を押《お》した。

「じゃあシジャルも行ってこい。お前が言い出したことだしな。さ、可愛い嫁《よめ》さんが欲しいなら全員本気でやれよ！」

「「「了解《りようかい》しました」」」

「……じゃあ、近くで見極めてきますね」

乗り気には見えない司書長とやる気マンマンの三人が訓練所の広場に行くのを見送った。

「パルマ、お前が嫁さん命なのは知ってたがいつの間にシスコンになったんだ？」

「煩《うるさ》いですね。俺は嫁さん命だから、シスコンにだってなってやるんです！」

拗《す》ねたように言い放つパルマに騎士団長は苦笑いした。

そして、大声で開始を唱えた。

向かい合って模擬刀《もぎとう》を構えていた四人は一斉《いつせい》に飛びかかるかと思いきや、司書長だけ合図とともに後ろに引いた。

「シジャルのやつ客観的に見極める戦術か」

騎士団長の言葉に司書長を見ると、三人が模擬刀を振るなか司書長は三人の周りをグルリと一周回ると一気に真ん中に突《つ》っ込んだ。

何が起こったんだ？

倒《たお》れる三人の真ん中に、不満そうな顔の司書長が立っていた。

「シジャル、騎士団に入れよ！」

「汗臭《あせくさ》いのは無理なので遠慮《えんりょ》します」

騎士団長が叫《さけ》ぶが司書長はヘラヘラ笑ってみせる。

「シジャルは俺の友人の辺境伯《へんきょうはく》の息子《むすこ》なんだが、育ちのせいもあってとんでもなく強い。ただ、あいつの親父《おやじ》と兄貴が怪物《かいぶつ》なせいで自覚がねえんだ」

騎士団長はガハガハ笑うと僕の背中をバシバシ叩《たた》いた。

「俺はさ、うちの団員なんかよりシジャルをオススメするぞ」

騎士団長、同意見だ。

なんだあのでたらめな強さは？

「パルマより強いんじゃないか？」

呟けばパルマは僕から目線をそらした。

「そう言ってくれるな。シジャルと本気でやりあったら俺だって無事じゃすまん」

騎士団長の言葉に啞然《あぜん》としている間に司書長が戻《もど》ってきた。

「あの、ユーエン様すみません。期待外れでしたね。自分が、もっとアルティナ様に相応しい男性を探しますのでご安心下さい！」

意気込む司書長に僕は呆《あき》れた。

何故自分が一番相応しいと思わないのか？　心に決めた女性でもいるのか？

「アルティナ様には本当に幸せになってもらいたいので、微力《びりょく》ながらお手伝いいたします！」

使命感のようなものを滲《にじ》ませながら司書長が言った言葉に騎士団長が、からかうように言った。

「シジャルが幸せにしてやったらどうなんだ？」

司書長は驚《おどろ》いた顔をした後、謙虚《けんきょ》に言った。

「自分では力不足です。アルティナ様に申し訳ない。自分のようなつまらない男ではなく、アルティナ様を幸せにしてくれる男が必ずいます」

何故それを自分でしようとしないんだ！

僕は呆れてため息をついた。

仕方がない！

外堀《そとぼり》をガッチガチに埋《う》めよう。

この鈍感《どんかん》な男が「参りました！　自分がアルティナ様を幸せにします！」と言わざるを得ない状況《じょうきょう》に追い詰《つ》めよう。

大丈夫《だいじょうぶ》だ。

絶対に逃《に》がしはしない。

僕はニコニコと笑う司書長を見つめて口元がヒクヒクしそうになるのを堪《こら》えたのだった。

誘惑

シジャル様に話をしてくると言った日、兄は帰ってくるなり言った。

「司書長はダメだ」

私は心臓に棘《とげ》が絡《から》みついたような気持ちになった。

「アルティナ、司書長は一筋縄《ひとすじなわ》ではいかない。外堀《そとぼり》というより迷路《ダンジョン》を組み立てて確実に殺《や》るぞ」

兄は何を言ってるんだろう？

「アルティナも司書長を確実に殺るために本気を出すんだ」

慌《あわ》てて『私はシジャル様を殺したいわけではありません』と書いて兄に手渡《てわた》した。

「……解《わか》ってる。すまない、とり乱した。だが、司書長が一筋縄でいかないのは確かだ。アルティナ、お前も全力で誘惑《ゆうわく》するんだ！」

兄の言葉は衝撃《しょうげき》でしかなかった。

次の日、図書館につくと私は五十代中頃の男爵《だんしやく》夫人だという司書のミランダさんに、事前に書いていた『誘惑を教えて下さい』のメモを手渡した。

私の顔を見たミランダさんは首を傾《かし》げた後『誘惑』と書かれた本を探してきてくれた。

私はその本を受け取ると近くの席について読み始めたが、読み進めるうちに、居たたまれなくなってきた。

最初こそ恋愛《れんあい》小説のようだったが、中盤《ちゆうばん》まできたところで私は本を閉じた。

これは公共の場で読んではいけない官能小説と呼ばれる類《たぐ》いのものだと気がついたからだ。

大人な表現に泣きそうになった。

顔が熱い。

そして、涙目《なみだめ》になりながらミランダさんのところへ行って本を返した。

「あらあら、真《ま》っ赤《か》になっちゃって。『誘惑』を探していたんじゃないの？」

『誘惑というタイトルの本を探していたのではありません』

私の書くメモを見つめてキョトンとしていたミランダさんは、ふきだした。

「誘惑の仕方を知りたかったの？　もう！　そう言ってよ！」

ミランダさんの声の大きさに慌ててしまったが、理解してくれて良かった。

ミランダさんの横に座《すわ》っていた司書のエンジェリーナさんも興味津々《きょうみしんしん》といった顔で私を見つめてきた。

「それって、シジャル様を誘惑するってこと？」

エンジェリーナさんの言葉に更《さら》に顔が熱くなる。

二人に生暖かい眼差《まなざ》しを向けられた。

「おばちゃんの時代の誘惑と今の誘惑って一緒《いっしょ》かしら？」

ミランダさんの言葉にビックリした。

時代で違《ちが》うものなのか？

「誘惑に時代の違いなんてあります？」

「ないの？　私はベッドに連れ込んだけど」

「か、過激！」

官能小説に出てきそうな行動に私は頭を抱《かか》えた。

「もっとあるでしょ？　転ぶフリして胸を押し当てるとか、ちょっと胸元《むなもと》あいた服着るとか！」

「エンジェリーナちゃん、それはオッパイがないとできないのよ？」

「ど、どうせペチャパイですよ！」

二人がそんな話を始めてしまい、私はオロオロした。

図書館で騒《さわ》いでは駄目《だめ》だ。

そして、聞かれたくない話ほどよく響《ひび》く気がする。

「君達はなんの話をしてるんです？」

呆《あき》れ顔《がお》のシジャル様が執務室《しつむしつ》の方から現れた時は飛び上がるほど驚いた。

「ああ、誘惑について話してました。司書長はどんなふうに誘惑されてみたいですか？」

ミランダさんのサラリとした言葉に私はプロの技《わざ》を見た気がした。

「誘惑……ですか？」

し、知りたい。

私がワクワクして見つめると、シジャル様は苦笑いを浮《う》かべた。

「……無縁《むえん》すぎて解りません」

期待してしまった分、がっかりだ。

「シジャル様って本当に空気が読めませんね」

「えっ？　エンジェリーナ君、厳しすぎませんか？」

「シジャル様はどんなことをされたらドキドキするんですか？　例えば好みのヒロインが出てくる小説はないんですか？」

シジャル様は眉毛《まゆげ》を下げて困り顔をしている。

「いや、ありますよそりゃ」

「なら！　好きなヒロインの出てくる恋愛小説を三冊選んできて下さい！　早く！」

エンジェリーナさんの勢いにシジャル様は苦笑いを浮かべたまま、書架《しょか》へ向かった。

「これで参考になるでしょ？」

頼《たの》もしいです！

エンジェリーナさんが綺麗《きれい》なウインクをしてくれて、ドキドキが高まっていく。

暫《しばら》くして持ってきた三冊をエンジェリーナさんが私に手渡したので、シジャル様が不思議そうに首を傾げる。

「何故《なぜ》アルティナ様に？」

私がいいわけを書こうとする前にミランダさんが笑いながら言った。

「宝石姫《ひめ》だって誘惑の一つも身につけるお年頃ってものですよ」

その言葉にシジャル様が青い顔をして私の手にある恋愛小説を奪《うば》いとった。

何が起こったのか解らず見つめると、シジャル様はパラパラと中を見ながら言った。

「アルティナ様がこんなことをして惚《ほ》れない男がいるとは思えません。むしろ危険が危ない！」

危険が危ないって何？

私がキョトンとしているうちにシジャル様は本を返しに行ってしまった。

「あんなに動揺《どうよう》しなくてもねぇ……宝石姫、大丈夫《だいじようぶ》ですよ！　タイトルを覚えてあるので後で私が持ってきてあげますね」

ミランダさんの観察力が凄《すご》い。

「宝石姫を誰《だれ》にもとられたくない！　って言えないんですかね？」

「ほら、司書長女性に対してヘタレだから」

エンジェリーナさんとミランダさんのハハハっという笑いが響いた。

その後戻《もど》ってきたシジャル様に私は怒《おこ》られた。

「アルティナ様は美人で可愛《かわい》いから、誘惑なんて覚えなくていいんです！　本当に危ないんですよ！　解ってますか？」

少し口を尖《とが》らせてからメモに書いた。

『私が誘惑してみたいんです！　シジャル様は積極的な女性はお嫌《きら》いですか？』

それを見たシジャル様が固まった。

私はメモからシジャル様に視線を移し、首を傾げた。

すると、シジャル様は弾《はじ》かれたように一歩下がって頭を抱えた。

「「天然！」」

女性司書さん二人が深いため息をつく。

何を呆れられたのだろうか？

私がさらに首を傾げると、ミランダさんに頭を撫《な》でられた。

結局何がいけなかったのか解《わか》らなかったが、楽しそうに笑っていたからまあ、いいかと思うことにした。


シジャル様の好きなヒロインが出てくる小説を借りてきた。

一冊目は魔女《まじょ》の女の子と王子様の恋。

猫《ねこ》の姿に変えられた魔女が王子様に拾われて可愛がられて恋をする話。

二冊目はお姫様《ひめさま》と黒馬の騎士《きし》の恋。

捕虜《ほりょ》になったお姫様とそれを助ける騎士の話。

三冊目はパン屋さんの女の子と公爵《こうしゃく》子息の恋。

食糧難《しょくりょうなん》の領地を力を合わせて救い恋に落ちる話。

どの話のヒロインも自分の信念を持って頑張《がんば》る女の子だ。

私は本を読み終えて項垂《うなだ》れた。

だって、私は信念を持った女性ではないのだ。

むしろ、いろんなことから逃《に》げている女。

泣いてもいいだろうか？

ヒロイン達は一生懸命《いっしょうけんめい》で可愛い。

小説はどれも面白《おもしろ》かったけど、私にこの可愛さはない。

私の目からは涙《なみだ》がこぼれた。

その夜、私は泣きくれた。

＊✦＊✦＊

次の日、私の目が腫《は》れてしまったのは仕方がないことだと思う。

「アルティナどうした？　……大丈夫《だいじょうぶ》か？」

『小説を読んだせいです』

心配する兄にメモを見せると深いため息をつかれた。

「ほどほどにしておきなさい」

私が頷《うなず》くと兄は安心したように笑った。

その後、図書館に行ったのだが周りの視線が痛い。

そんなに目立つのだろうか？

恥《は》ずかしい。

「あ、あの、アルティナ様、何かありましたか？」

シジャル様にまで心配されてしまった。

貴方《あなた》の好きなタイプと自分が違《ちが》いすぎて悲しくなって泣きました。

なんて言えるわけがない。

どう答えよう？

「自分には言えないことでしょうか？」

頷いてしまおうか？

でも、それはなんだか嫌《いや》だ。

私は首を横に振《ふ》った。

「では、お茶でも飲みながらというのは、いかがでしょうか」

そして、促《うなが》されるまま司書長の執務室《しつむしつ》に向かった。

ソファーに座《すわ》ると可愛い猫のカップにホットチョコが入れられ、テーブルに置かれた。

一口飲んだら、ほっとした気がする。

「どうしたのか聞いても？」

シジャル様の言葉にぐっと息を呑《の》む。

「自分にできることなら力になりますよ」

私はゆっくりと声を出した。

「た、大したことではないのです。自分の不甲斐《ふがい》なさに悲しくなってしまいまして」

シジャル様は困ったような顔で私を見つめていた。

「なんにも努力せず逃げてばかりだと気がついてしまいまして」

「逃げる勇気もあると思いますが？」

「逃げる勇気？」

シジャル様はニコッと笑った。

「自分のように、言われたことをただやるだけの人生を送ってきた人間には、逃げる勇気もまた羨《うらや》ましく眩《まぶ》しいですが」

「そんな、シジャル様はいつも私を助けて下さって、私の方がシジャル様のことを眩しく感じています」

シジャル様は照れたように頭をかいて言った。

「そう言っていただけるほど自分は大したことはしていませんよ」

「そんなことありません。いつもいつも感謝してもしきれないぐらい助けていただいています」

シジャル様は机の引き出しからマドレーヌを取り出すと私の前に置いた。

「甘いものでもいかがですか？」

甘いものは幸せな気分になるが、シジャル様は私が子供だと思ってすすめている気がする。

だけど子供と思われても仕方がないのかもしれない。

怒《おこ》って口をきかないなんて子供と一緒《いっしょ》だもの。

そう思ったらまた涙が溢《あふ》れてきた。

「っ!!　アルティナ様！」

「すみません。あまりの自分の子供っぽさに悲しくなってきてしまって」

シジャル様は慌《あわ》ててポケットからハンカチを取り出して私に手渡《てわた》した。

「どうぞ。今日のハンカチは合格点だと思います」

「泣いてばかりでごめんなさい」

シジャル様は微笑《ほほえ》んでくれた。

「自分の前ではいくらでも泣いていいのですよ。むしろ危ないので、他の男の前では泣かないで下さい」

「危ない？」

「アルティナ様の涙は本当に美しいですから」

息が止まるかと思った。

心臓が尋常《じんじょう》じゃない速さで動き、顔に熱が集まる。

この人は私を殺そうとしているんじゃないだろうか？

だって、今、上手《うま》く呼吸ができない。

「弱っている時を狙《ねら》って甘い言葉をかけてくる男はたくさんいますから、本当に気をつけて下さい。相談事なら自分が聞きますから」

酸欠で死にそうだ。

なんでこの人は、私をこんなにときめかせるのだろうか？

「アルティナ様大丈夫ですか？　顔が赤いですが」

「シジャル様のせいです」

「自分ですか？」

「弱っている時嬉《うれ》しいことばかり言って私を甘やかそうとする。シジャル様は悪い人です」

シジャル様はキョトンとした顔をした。

この人は私がどれだけキュンキュンさせられたか解っていない。

「シジャル様の意地悪……でも、もうシジャル様の前でしか泣きません。なので、受け止めて下さいますか？」

シジャル様はニッコリと笑って頷いてくれた。

私は借りたハンカチで涙をふくと、冷めたホットチョコを飲み干して立ち上がった。

「話を聞いて下さってありがとうございました。お陰《かげ》で力をいただきました。本を選びに行ってまいります」
私はシジャル様にそれだけ告げて執務室を後にした。
負けだ。完敗だ！
私はシジャル様の言葉でシジャル様をもっともっと好きになってしまった。
キュンキュンしすぎて苦しくて息も絶え絶えだ。
シジャル様に振り向いてもらうためにも私はいい女にならなくちゃ。
恋愛《れんあい》小説を読もう。
シジャル様の心を摑《つか》むための勉強をしよう。
私は恋愛について無知すぎる。
私は気持ちを新たに恋愛小説の書架に向かって歩みを進めたのだった。

兄襲来　シジャル目線

アルティナ様が目を赤くしてきた。
可愛《かわい》らしい目が真《ま》っ赤《か》で痛々しい。
悩《なや》みごとがあるなら、自分でよければ解決してあげたい。
そう思った。
甘いホットチョコとマドレーヌで甘やかすことで気持ちも溶《と》けてくれたらと思った。
己《おのれ》の不甲斐《ふがい》なさに嘆《なげ》くアルティナ様。
自分の言葉のいたらなさから再び涙《なみだ》を流させてしまった。
それなのに、アルティナ様の泣き顔が可愛すぎて。
綺麗《きれい》な真珠《しんじゅ》の涙！
プライスレス！
こんな可愛い生き物、男なら家に持ち帰りたいと思うに決まってる。
自分だって連れて帰って、一晩中抱き締《だ》《し》めてその泣き顔を見続けたい！

………冷静になれ、それは犯罪だ。

アルティナ様を別の意味で、主に恐怖的《きょうふてき》な意味合いで泣かせてしまう。

真珠の涙を前に、自分はクイッと眼鏡《めがね》を持ち上げた。

アルティナ様が執務室《しつむしつ》を去っていった後、自分は膝《ひざ》から崩《くず》れ落ちた。

あまりの可愛さに赤面しなかったのは奇跡《きせき》！

むしろ、石化の呪文《じゆもん》をかけられたのと一緒《いっしょ》だったのだ。

アルティナ様が執務室を出たから解《と》けただけ。

可愛い！　本当に可愛い。

天使じゃないのか？　女神《めがみ》なのか？

は〜っと自分は深い息を吐《は》いた。

あんなに可愛いアルティナ様に誘惑《ゆうわく》される男が羨《うらや》ましい。

こんな只《ただ》の相談役の自分にすら、度々《たびたび》無意識に誘惑にも似た態度をとってしまうアルティナ様だ。

この人にこうする！　と決めてからの誘惑はどんなに……羨ましい。

さぞかし威力《いりょく》のあることだろう。

自分なら即、婚約《こんやく》を言い出すに決まってる。

……無謀《むぼう》な夢だ。

アルティナ様が自分を誘惑するはずがない。

自分で解《わか》っていながら、悲しくなったのは許してほしい。

＊ ＊ ＊

数日後、図書館に珍《めずら》しく兄のサジャルが訪ねてきた。

「シジャル。元気か？」

「まあ、それなりに楽しくやらせていただいています」

兄は図書館の中をキョロキョロと見回すと言った。

「彼女できたか？」

兄のこの不躾《ぶしつけ》なところが嫌《きら》いだ。

「ご縁《えん》がありませんので」

「そうなのか？　すっとぼけんなよ！　最近仲がいい娘《こ》がいるんだろ？　聞いてるぞ？」

「仲がいい？」

誰《だれ》のことだ？　ミランダさんにはいつもからかわれているだけだし、エンジェリーナ君には食堂勤務の彼氏がいたはず。

「何不思議そうにしてんだよ？」

「心当たりがなくてですね」

その時、アルティナ様が本を二冊抱《かか》えてカウンターにやって来た。

『この本をお借りしたいのですが』

「大丈夫《だいじょうぶ》ですよ。おや、恋愛《れんあい》小説ブームですか？」

自分がカウンターで貸し出しの手続きをしていると、兄がニヤリと笑った。

嫌《いや》な顔だ。

「美しいお嬢《じょう》さん、俺とお茶でもどうです？」

慌《あわ》てて兄を睨《にら》んだ。

「怒《おこ》りますよ」

「なんでお前が怒んの？　お前の彼女？」

思わず息が詰《つ》まった。

自分はアルティナ様の彼氏でもなければ兄でも父親でも上司でもない。

怒る権利が自分にはないのだ。

呆然《ぼうぜん》とする自分を他所《よそ》にアルティナ様はササッとカウンターの中に入るとメモ帳に『彼女です！』と書いて兄に突《つ》き付《つ》け、自分の腕《うで》にしがみついてきた。

嘘《うそ》だ。

そうだと解っていても自分がアルティナ様の彼氏だなんて名乗ることは許されていいの

だろうか。

だが、アルティナ様は不安そうに自分を見上げていた。

か、可愛い上に柔《やわ》らかい感触《かんしょく》が腕に……。

「シジャルのくせに生意気だな！　こんな可愛い彼女ができたのかよ！」

兄はなんだか嬉《うれ》しそうに自分の頭を乱暴に撫《な》でてきた。

この人の中で弟は小さな子供のままなのだ。

「俺の名前はサジャルだ。ちなみにコイツの兄貴《あにき》」

兄の言葉に目を丸くするアルティナ様が可愛い。

しかも、顔を真っ赤に染めて腕から離《はな》れるとペコリと頭を下げていた。

「ああ、気にすんなって！　未来の義妹《いもうと》よ！　滅茶苦茶《めちゃくちゃ》いい娘そうじゃん！　シジャルやったな」

「あの、兄さん」

「いいっていいって！　兄貴に任せとけって！」

「いや、本当に話を聞いて下さい」

「シジャル、幸せは自分で摑《つか》みとるもんだぜ！」

ダメだ。

この脳筋《のうきん》、聞く気がない。

脳筋のせいで、アルティナ様と付き合っていることにされてしまう。

そう思った時、アルティナ様が兄にメモを渡《わた》した。

アルティナ様自《みずか》ら否定を？

なんだか胸が抉《えぐ》られるようだ。

そう思った瞬間《しゅんかん》、メモを見た兄がガハガハ笑った。

「愛されてんな」

兄が『不束者《ふつつかもの》ですが末永くよろしくお願いいたします』と書かれたメモを自分の手にのせた。

思わずアルティナ様を見れば顔を真っ赤に染めて自分の服の裾《すそ》を摑んでいた。

鼻血が出るかと思った。

「親父《おやじ》には俺から言っといてやる」

「ままま、待って兄さんいや、あの」

な、なんて言えばいい？

誤解だって、アルティナ様は男に声をかけられた恐怖から逃《に》げるために嘘をついただけだ。

けれど否定したらアルティナ様はまたこわがるかも知れない。

兄はすでに結婚《けっこん》して、二人の娘がいるから本気で誘《さそ》ったわけじゃない。

アルティナ様は自分を頼《たよ》ってくれたのだ。

三秒ぐらいの間にそれだけ考えると、思わず兄の胸《むな》ぐらを掴んで引き寄せていた。

「親父には自分で言うから、黙《だま》ってて……下さい」

兄は驚《おどろ》いた顔をしたかと思うとガハガハ笑って自分の背中を叩《たた》いた。

マジで痛いからやめてほしい。

「わあったよ！　早めに報告しに来いよ！」

兄はやっぱりガハガハと笑って去っていった。

ホントに勘弁《かんべん》してほしい。

いまだに背中が地味に痛い。

ゆっくり横を見れば、啞然《あぜん》とした顔のアルティナ様がいまだに服の裾を掴んでいた。

だから、鼻血が出そうなんだって。

「す、すみません、アルティナ様」

アルティナ様は放心状態だった。

「あの、誤解はちゃんと解《と》きますのでご安心を」

アルティナ様はようやく首を横に振った。

そして、『私が勝手に彼女だなんて書いてしまったからです。ごめんなさい』と書いて寄越《よこ》した。

それ、滅茶苦茶嬉しかったんですよ。
鼻血が出そうなほど。
役得とはこのことか？
腕にしがみついてもらえたし……。
「とにかくどっと疲《つか》れました。アルティナ様、お茶でもいかがですか？」
平常心を取り戻すため、アルティナ様をお茶に誘った。
アルティナ様はヘニャっと笑うと頷《うなず》いてくれたのだった。

事故

私は凄《すご》く大胆《だいたん》なことをしてしまった。

シジャル様のお兄様にからかわれたのをいいことに彼女だと主張してしまったのだ！

シジャル様は少し困った顔をしていたけど、最後には話を合わせてくれた。

嬉《うれ》しくて恥《は》ずかしくて、どうしたらいいの？

とりあえず、家に帰ってから兄に長文の手紙を書いた。

どんなことが起きたのか詳細《しょうさい》を書き記した手紙だ。

私の書いた手紙を読んだ兄は私の頭を優《やさ》しく撫《な》でてくれた。

「アルティナ、よくやった。これは既成《きせい》事実と言ってもいい」

私はかなり驚《おどろ》いた。

そんなに破廉恥《はれんち》なことを自分がしてしまったのだと初めて知ったのだ。

「今、司書長の家に婚約《こんやく》の申し出をしているから、恋仲《こいなか》なのだと思わせられたのならすぐにでも色良い返事が来るだろう」

兄は凄く嬉しそうだった。

＊
✦＊
✦
＊

翌日、図書館の前で兄と別れると直《す》ぐに声をかけられた。

「おはようアルティナさん」

宰相補佐官《さいしょうほさかん》をしているベスタンス様はリベリー姉様の旦那《だんな》様だ。

爽《さわ》やかな笑顔《えがお》が胡散臭《うさんくさ》いと思ってしまうのは、私がこの人が苦手だからかも知れない。

「最近、声の方はどうですか？　貴女《あなた》の声が戻《もど》らないと妻が貴女の話しかしなくなるので困るのです」

この人はリベリー姉様のために生きているような人だから、たぶん私が嫌《きら》いだ。

私も苦手だからいいのだけど。

「まあ、最近では声より貴女の婚約のことが気になって仕方がないようですが……さっさと結婚してくれれば彼女も安心するでしょう。なので、お手伝いしますよ」

回りくどい言い方だが、協力するつもりでいるらしい。

ベスタンス様は書類の束を私に渡した。

「私なりに誘惑《ゆうわく》作戦をまとめてみました」

手渡された『誘惑について』と書かれた書類には、これをするとこのような効果がありますす的なことがまとめられていた。

だが、内容は過激だ。

「抱《だ》きつく」が一番レベルが低いとはどうなんだ？

よし、これはリベリー姉様に差し上げましょう。きっと旦那様が満足してくれるに違《ちが》いない。

「アルティナさん、何を企《たくら》んでいるんですか？」

気づかれた。

私は目をそらしたが、爽やかな笑顔で詰《つ》め寄《よ》られた。

笑顔のはずなのに背後から黒いオーラが出ている気がする。

「妻には秘密ですよ」

私はコクコクと頷《うなず》いた。

ベスタンス様が離《はな》れてくれてから、私はメモ帳に書いた。

『リベリー姉様がベスタンス様を喜ばせたいと相談してきたら、これを差し上げてもよろしいですか？』

ベスタンス様は暫《しばら》く黙《だま》ると言った。

「妻がそのような相談を貴女にするのですか？」

私は深く頷いた。

「……そうですか」

ベスタンス様はコホンと一つ咳払《せきばら》いをすると言った。

「ま、まあ、妻の悩《なや》みが解決するのであれば仕方がありません」

よし、許可はいただいた。横流し決定だ。

「ちなみに、シジャルは学生時代の友人なので聞きたいことがあれば何時《いつ》でもどうぞ」

私は驚いた。

この腹黒……いえ裏のありそうな人とシジャル様が友人？

「納得《なつとく》できないといった顔をしていますね。ですが、いつも一緒《いつしよ》に行動するぐらいには仲の良い友人でしたよ」

私が信じられずにいると図書館の扉《とびら》が開いたのが解《わか》った。

出てきたのは渦中《かちゆう》の人であるシジャル様だった。

「おはようございますアルティナ様。おや、……ベスタンスがここに来るのは珍《めずら》しいですね」

「やあシジャル。義理の妹が世話になっているな」

「義理の妹？　……ああ、アルティナ様の姉君と結婚したのでしたね」

シジャル様は手に書類らしきものを持っていた。

「何処《どこ》か行くのか？」

「本の発注に行くところでした。何か自分に用でも？」

「いや、義妹殿《いもうとどの》が〝誘惑〟について勉強をしていると聞いたのでな、参考までに資料をまとめて持ってきただけだ」

シジャル様はニコニコしていた顔を真《ま》っ青《さお》にして私の持っている書類の束を見た。

「ベスタンス」

「心配しなくても参考資料なだけだぞ」

シジャル様は私の方に近づいて手を出した。

「アルティナ様……それは危険ですので、自分が処分しておきます」

でも、リベリー姉様に渡すつもりだし、内容が内容だから見られたくない。

私が書類を背中に隠《かく》すとシジャル様は焦《あせ》ったようにオロオロしだした。

「アルティナ様、ベスタンスは女性から誘惑されることが多くてですね。内容的にたぶん過激なものが多くあると推測されます。それを真に受けて実行に移すと……き、危険が危なくてですね！」

「シジャル、動揺《どうよう》しすぎだろ？」

シジャル様はベスタンス様に視線を戻すと言った。

「ベスタンス、君は義理とはいえ妹がこの内容を実行に移したらどうなるかとか、考えな

「相手は恋愛《れんあい》において極度の鈍《にぶ》さを誇《ほこ》る男だからな！　これぐらいしなくては気がついてもらえないと私は確信している！　義妹殿はそれぐらいの覚悟《かくご》が必要だ！」

私はふらりと一歩後ずさり、書類をパラパラとめくった。

これを実行しなくては気がついてもらえないの？

こんな過激なことをしないと気がついてもらえないなんて……。

兄は彼女宣言を既成事実と言っていたが、義理の兄は物理的な既成事実がないと恋心《こいごころ》にすら気がついてもらえないと言う。

私は家族から甘やかされて育ったからそんなことも知らなかったのか！

世間の女性達は私の決意なんか比にならないぐらいの努力をしているんだ。

し、知らなかった。

「アルティナ様！」

シジャル様が心配そうに近づいてきた。

その瞬間《しゅんかん》、ベスタンス様の口角がニヤリと上がったのが見えた。

悪い顔だ。

そう思った時にはベスタンス様はシジャル様の背中を蹴《け》っていた。

「悪い、足が滑《すべ》った」

シジャル様はそのまま私を巻き込んで転んだ。

シジャル様の顔が胸にのっているが事故だと解っている。

何が起きたか解らないのかシジャル様はピクリとも動かない。

「シジャル、大丈夫か？」

そらぞらしい声にシジャル様は勢いよく私からどくと深々と頭を床にすりつけた。

「も、申し訳ございません！！！」

綺麗な土下座に私は驚くばかりだ。

「シジャル、義妹殿の胸にスリスリしたらダメだろ？　もう、嫁《よめ》にもらってもらわないと困るな」

シジャル様は真っ赤な顔に涙を浮かべてベスタンス様を睨《にら》んだ。

「ス、スリスリしてない」

「目撃者《もくげきしゃ》がここにいる！」

「ベスタンス！　そんなことを言うなら、ちゃんと見ててくれ！　誤解だ！」

シジャル様もちゃんと思い出してほしい。

貴方《あなた》はその人に蹴られたからこうなったんだよ！　と言ってあげたい。

ベスタンス様に抗議《こうぎ》しているシジャル様の背中にはくっきりと足跡《あしあと》がついていた。

私は急いで『大丈夫です！　事故だと解っています』と書いてシジャル様に差し出した。

そのメモを見ると、シジャルは感極《かんきわ》まったような顔をしていた。

「アルティナさん、そこは責任をとってお嫁にもらって下さいって書くのが正解ですよ」

ベスタンス様の言葉に私は衝撃《しょうげき》を受けた。

そ、それは効果的だったかも知れない。

だが、考えもしなかった。

「ベスタンス！！！」

「友人想《おも》いにも義妹殿を嫁にもらえるように協力してあげてるんだろ？　感謝しろ。……おや、そろそろ仕事に戻らなくてはいけない時間だ。アルティナさん、くれぐれも妻にはご内密に」

ベスタンス様は懐中時計《かいちゅうどけい》を見ながら、それだけ言って去っていった。

私はゆっくりと起き上がると散らばってしまった誘惑書類を拾った。

シジャル様も慌《あわ》てて書類を端《はし》から拾い始めた。

気まずい。

「ア、アルティナ様、自分の書類と混ざってしまったようなので執務室《しつむしつ》で仕分けしましょうか？」

私が頷くと、シジャル様は少しだけ強《こわ》ばった顔を緩《ゆる》めたのだった。

追いかける　シジャル目線

友人のベスタンスは学生の時の同級生で、魔法《まほう》も剣術《けんじゅつ》も学業も学年トップの天才だった。

自分は目立たぬよう魔法も剣術も学業も中の下を目標にしていて、それに気づいていた教師や同級生には目障《めざわ》りだったみたいだが、ベスタンスは自分が手を抜《ぬ》いていることを解《わか》った上で側にいてくれる唯一《ゆいいつ》の友人であった。

『学年トップを死守するためだ。お前は本気を出すな』とよく言われたのが懐《なつ》かしい。

その言葉が自分には凄《すご》くありがたかった。

ベスタンスは癖《くせ》の強い男だ。

だから好きな女性ができたと言われた時は内心、この男に恋愛《れんあい》ができるのだろうか？と疑問だった。

女性は無条件で寄ってくる。付き合っても（本当に付き合っていたかは定《さだ》かではない）、女性に合わせるつもりがないから直《す》ぐに女性が離《はな》れていく、を繰《く》り返《かえ》していた男だからだ。

ベスタンスに女性に人気の恋愛小説を読ませて理想の男性像を徹底的《てっていてき》に叩《たた》き込み、今の奥様《おくさま》を手に入れる手伝いをしたのは自分だ。

まさか、お相手がアルティナ様の姉君だったとは。

今も、たまにベスタンスとは飲みに行ったりするが、妻の話をしている時は別人のように穏《おだ》やかな顔をする。

友人は妻を持って幸せになったのだ。


そんな友人が図書館の前でアルティナ様と話をしているのが見えた時は、何が起こっているのかと思った。

どちらも知り合いだから、どんな状況《じょうきょう》であっても対応できると思い話を聞けば義理の妹のために〝誘惑《ゆうわく》〟についての資料を作ってきたという。

ベスタンスの性格はよく解っている。

なんてものをアルティナ様に！

若干《じゃっかん》の殺意《はき》すら生まれる。

直ぐに破棄するから書類を渡すように言ったが、彼女は大事そうに書類の束を背後に隠《かく》した。

絶望すら感じながら説得するも、ベスタンスが邪魔《じゃま》をする。

しまいにはアルティナ様を押《お》し倒《たお》してしまう事態に。

何をどうしたらああなるんだ～～！

前後の記憶《きおく》が曖昧《あいまい》だ。

気がついたら柔《やわ》らかいものに包まれていた。

……本当になんであんなことに！

ベスタンスは自分達をからかうだけからかって去っていった。

とりあえず、アルティナ様を執務室に誘《さそ》った。


き、気まずい。

アルティナ様用にしている猫《ねこ》のカップにホットチョコを淹《い》れた。

それを持って戻《もど》ると、アルティナ様は混ざってしまった書類を仕分けしていた。

アルティナ様の前にカップを置き、自分も手伝う。

「姉に」

「へ？」

「姉に渡すつもりでいました」

アルティナ様はチラリと自分を見て、ポツリと言った。

「ベスタンス様が喜ぶかと思って」

ベスタンスのために書類が必要だったということなのか？

「姉はベスタンス様が大好きなので、姉にあげるのであればこの書類は無駄《むだ》にならないと思いました」

アルティナ様はなんだかつらそうにそう言った。

「でも世の女性達は皆《みな》、これほどまでのアピールをして好きな人に気づいてもらうんですね」

？？

「私は何も知りませんでした。好きな人の気持ちを得るために時には過激なアピールも必要だったなんて」

？？？？

「これでは、お子様だと思われるのも当たり前です」

「待って下さい！」

キョトンとした顔でアルティナ様は自分を見つめた。

「ちょっと待って下さい」

自分は急いで仕分けられたベスタンスの書類をパラパラとめくった。

ダメだ！　過激すぎる!!

下着姿で抱《だ》きつくとかどんな状況下で成立するんだ？

「ベスタンスのこの書類には前後の状況が書かれていません。しかも、かなりの特殊《とくしゅ》ケースも混じっています。何よりアルティナ様は本当に美しい女性です。性格もとっても可愛《かわい》らしく魅力的《みりょくてき》です。だから、こんなことをしなくてもどんな男でも貴女《あなた》を好きになってしまうと思いますよ」

アルティナ様は顔を真っ赤に染めて俯《うつむ》いた。

「シジャル様も？」

「？」

「シジャル様も、私を好きになって下さいますか？」

アルティナ様の消え入りそうな声にドキリと胸が跳《は》ねた。

なると答えてもいいのだろうか？

好きか？　なんて聞かれたら、大好きだと答えたい。

だが、迷惑《めいわく》じゃないだろうか？

アルティナ様は不安そうな顔で自分を見つめてきた。

これは躊躇《ためら》ってはだめだ。

「自分も、男ですので……可愛い方だと思っています」

アルティナ様は自分の返事が不満なのか、頬《ほお》を膨《ふく》らませた。

「やっぱり、子供だと思ってらっしゃるんでしょ！」

か、可愛い。

大人とか子供とか関係なく、抱き締めてしまいたいぐらい可愛いのだ。

「自分が好きだと言ったらアルティナ様はお困りになるのではないですか？」

「何故《なぜ》？」

自分は懸命に言葉を選んだ。

「自分は、今まで何も欲《ほ》しいと思ったことがないので、アルティナ様を好きだと言ってしまったら……」

「……しまったら？」

「おそらく逃《に》がしてあげられません」

「へ？」

アルティナ様を好きだと認めてしまったら、自分はきっと何をしてでもアルティナ様を手に入れる。

アルティナ様の気持ちを最優先に考えてあげる余裕《よゆう》なんてない。

手に入れたいという欲望をどうやって抑《おさ》えればいいのか解らない。

こんなことを考えるやつは、変態野郎《やろう》と決まっている。

そんなやつが、アルティナ様を幸せにできるはずがない。

アルティナ様には幸せになってほしい。

「逃がすとは、私が逃げようとするということでしょうか?」

「……」

「私が逃げるとしたら、きっと追いかけてほしいからだと思うのです。私が逃げたら、シジャル様は追いかけて下さらないのですか?」

追いかける?

考えたことがなかった。

アルティナ様が自分の前から逃げたら……自分はきっと追いかけると思う。

アルティナ様は無防備なところがあるから、心配で追いかけてしまうと思う。

そして、彼女の前に立ちはだかるものを全て倒したい。

「アルティナ様は自分が追いかけてきたらどうなさるおつもりですか?」

アルティナ様は暫《しばら》く黙《だま》るとヘニャっと笑った。

「シジャル様が追いかけてきて下さるなら、両手を広げて待っています。シジャル様が私を捕《つか》まえる前に、私がシジャル様を捕まえてしまいます」

可愛い顔で可愛い声で自分を捕まえると言うアルティナ様は本当に可愛くて、好きにならないなんて選択肢《せんたくし》は最初から用意されていないじゃないか。

どうだ、この返し！　と言わんばかりの顔に、自分は思わず声を出して笑ってしまった。

アルティナ様は本当に凄い。

自分の恐れていることなど本当にちっぽけなことに感じた。

「では、どちらが先に捕まえるか競争ですね」

自分の言葉にアルティナ様はフフフっと笑った。

「はい。負けません……て、なんの話をしていたのでしょうか？」

アルティナ様はきっと意味が解っていないだろう。

まるで告白のような言葉に自分が希望を持ってしまったのだと気づいていない。

自分はアルティナ様が好きで、この人を手に入れたい。

アルティナ様は己《おのれ》の信念を貫《つらぬ》くために頑張《がんば》っているんだから、自分もアルティナ様を手に入れるために頑張ろう。

安心した顔でホットチョコを飲むアルティナ様を見つめながら、決意を新たにするのだった。

親友　ベスタンス目線

私の親友であるシジャルという男は化け物だ。

学生時代、誰《だれ》もがかなわないと思っていた私の隣《となり》の席に座《すわ》っていた彼は、授業もそこそこにしか聞いていないような不真面目《ふまじめ》な男だった。

だからこそシジャルとは戦わなくていいのだと安心して横にいることを許した。

何時《いつ》だったか、教師が間違《まちが》って出した難問が教室で話題になった。

学年トップの私なら解《と》けるに違《ちが》いないと言われたのは嫌《いや》がらせだったのかも知れない。

頭を抱《かか》える私を見かねたのか、シジャルが教えてくれたのだ。

訳が解《わか》らず自分が悩《なや》んでいた問題をシジャルは難なく全て解き、解りやすく説明する。

剣術《けんじゅつ》も体術も魔術《まじゅつ》も人目がないところなら手合わせをしてくれるのだが、はっきり言ってレベルが違う。

シジャルが本気を出したら私は学年トップなんて無理だと解った時のショックといったらなかった。

何故《なぜ》本気を出さないのか聞いたら、本を読む時間がなくなるからだとシジャルは笑った。

シジャルの中で本を読むというのは最重要事項なのだ。

だから、司書になればいいとすすめた。

シジャルもそのつもりになったようで、学生の間彼が本気を出すことはなかった。

＊

アルティナさんと出会ったのは彼女の姉であるリベリーに恋をし、付き合うことになった時だ。

リベリーは初めて自分から好きになった女性だった。

シジャルにも相談し、参考にしろと大量の恋愛《れんあい》小説を読まされた。

そうして私が初めてリベリーと言葉を交《か》わしたのは王家主催《しゆさい》の夜会。

シジャルの寄越す恋愛小説を読み込み、夜会に出てはリベリーと親交を深めた。

そして、リベリーの実家であるモニキス公爵家《こうしやくけ》で開催《かいさい》された夜会で初めてアルティナさんに会った。

アルティナさんはあの時十歳の少女で、バルコニーの隅《すみ》で月明かりの中、本を読んでいた。

「目が悪くなりますよ」

「今日は満月ですのでご心配なく」

可愛《かわい》げのない小娘《こむすめ》だと思ったが、リベリーの情報を聞き出そうと話しかけ続けた。

「……あの、好きな色だとか花だとか宝石だとか好みの男性だとか、そういったことはリベリー姉様に直接お聞きになったら？」

「それができたら君に聞いていない」

「……読書しているのが見えないのかしら？」

「勿論《もちろん》、読書中に話しかけるのが無粋《ぶすい》なのは解っているが、夜会の最中に読書するのも無粋なのでは？」

変に頭のいい小娘で、厄介《やっかい》だと思った。

「……『花に恋する』という小説の、オスカール様のような方がリベリー姉様の好みの男性です。色や花や宝石はご自身でお聞きになった方がリベリー姉様は喜ぶと思います」

その小説はたしかシジャルに借りた本の中にあったから、直《す》ぐにでも調べよう。

そう思ったその時、リベリー本人がやって来て私の腕《うで》を摑《つか》んだ。

「ベスタンス・セリアーレ様！　妹に何か？」

「えっ？　いや」

「妹はまだ十歳です。口説《くど》かれるような年齢《ねんれい》ではございません！」

誤解されたのだと気づいて焦《あせ》った。

一番誤解されたくない人に誤解されたのだ。

「違います！」

「何が違うとおっしゃるの！」

信じてもらえなそうな空気に絶望しかけたその時、呆《あき》れたような幼い声が聞こえた。

「誤解です、リベリー姉様」

アルティナさんは泣きそうな顔のリベリーに向かって困ったような笑顔《えがお》を向けた。

「そちらの方は私になど興味はございません。先程《さきほど》からリベリー姉様の好きな色や花や宝石だとかを私から得ようと必死でしたので、リベリー姉様に勘違《かんちが》いされては可哀想《かわいそう》です」

「何故、君は包《つつ》み隠《かく》さず話してしまうのかな？」

情けない暴露に更《さら》に絶望しそうな私を他所《よそ》に、リベリーは顔を真《ま》っ赤《か》に染めた。

「隠すようなことではないのでは？　リベリー姉様も最近では貴方様《あなたさま》の話しかなさいませんから。さっさと告白してお付き合いすればいいのに、と馬鹿《ばか》らしく思っていましたのでちょうど良かったです」

そう言って笑ったアルティナさんはリベリーの妹らしく美しかった。

その後、直ぐにリベリーに告白して今は妻にまでなっている。

だがあの時、私のした話をリベリーにばらしたことはいまだに根に持っているし、妻に溺愛《できあい》されている嫉妬《しっと》からか会えば憎《にく》まれ口《ぐち》を叩《たた》いてしまう。
そんなアルティナさんがシジャルを好きになるだなんて。
ああ、からかい甲斐《がい》がある。
シジャルのあの焦った顔。
それに、二人がうまくいけば、リベリーが妹離《ばな》れしてくれるに違いない。
アルティナさんが突然《とつぜん》声を失ってから、元気がなくて困っている。
妻には常に幸せそうに笑っていてほしいのに。
それに、親友にも少なからず幸せになってほしい。
そのためにもアルティナさんには頑張《がんば》ってもらわないと。
少しぐらいからかってもバチは当たらないはずだ。
さて、次は何をしてやろうか。私はニヤリとほくそ笑《え》むのだった。

戦いはお茶会？

私がシジャル様を好きになってから気がついたのは、シジャル様が誰《だれ》にでも優《やさ》しいということ。

司書仲間が勝手にお菓子《かし》を食べてしまっても怒《おこ》らないし、ベスタンス様にからかわれても笑っている。

シジャル様の中に怒《いか》りの感情はあるのだろうか？

凄《すご》く疑問だ。

私以外にもシジャル様に助けてもらっている令嬢《れいじょう》は沢山《たくさん》いると思う。

シジャル様に恋心《こいごころ》を抱《いだ》いている女性だって……いるに違《ちが》いないと思う。

そのことを姉二人に相談すると、困ったような複雑な顔をされた。

最初に口を開いたのは、リベリー姉様だった。

「アルティナ……メイデルリーナ嬢を覚えているかしら」

シジャル様の元婚約者《こんやくしゃ》（正式なものではない）様がなんなんだ？

「ほら、メイデルリーナ嬢ってプライドがお空の果てまで高い方でしょ？　だからなのか、シジャル様を好きだと言い出す令嬢にわざわざお茶会や夜会で『シジャル様は自分のことが大好きだからつけ入る隙《すき》なんてない』って喧嘩《けんか》を売っていたんですって」

リベリー姉様の言葉に、ラフラ姉様が眉間《みけん》にシワを寄せた。

「既《すで》に婚約破棄《はき》しているとはいえ、もしかしたらアルティナに喧嘩を売ってくるかもしれないわ！　気をつけるのよ！」

私は深く頷《うなず》くことしかできなかった。

＊

その日のお茶会は王妃様主催《おうひさましゅさい》で、令嬢のほとんどが招かれるものだった。姉二人は始まる前からピリピリしていた。

「『絶対に今日、喧嘩を売ってくるに違いないわ！』」

息ぴったりに言われても平気だ。

喧嘩を売られたからって、負けるつもりはない。

シジャル様を追いかけて、捕《つか》まえるって決めたんだもの！

私は気合いを入れるために胸の前でガッツポーズを作った。

そんな私を見て、二人が蕩《とろ》けるような笑顔《えがお》をくれたのは嬉《うれ》しかった。

お茶会が始まる前に挨拶《あいさつ》に行くと、王妃様は私を可哀想《かわいそう》な子を見るように涙《なみだ》ぐんだ。

「まあ、いらして下さってありがとう。声の方は大丈夫《だいじょうぶ》かしら？　不自由はなくて？」

私が笑顔で頷くと王妃は困ったように笑って言った。

「貴女《あなた》にライアスのお嫁《よめ》さんに来てほしかったのだけど……本当にごめんなさいね」

私は慌《あわ》てて首を横に振った。

「王妃様、妹は王子殿下《でんか》の婚約者候補から外れたおかげで真実の愛を知ったのですわ」

「まあまあまあ！　なんですって？　素敵《すてき》！　セリアーレ公爵《こうしゃく》夫人《ふじん》、詳《くわ》しく聞かせて！」

リベリー姉様は夢物語でも語るように、私とシジャル様の話を始めた。

「あの頃のアルティナは声を失い、王子殿下との婚約も立ち消えになり、絶望からか似前から好きだった本により一層のめり込むようになりました」

興味津々《きょうみしんしん》の王妃様の瞳《ひとみ》がキラキラしている。

「そんなアルティナを陰日向《かげひなた》なく護《まも》って下さったのがシジャル司書長様なのです。ある時は涙にくれるアルティナの涙を優しく拭《ぬぐ》い……」

まあ、袖《そで》でですが。

「ある時は暴漢から身を挺《てい》して護ったのです。いつしか、アルティナは司書長様をお慕《した》いするようになりました」

「まあまああ！」

「ですが、司書長様はいささか鈍感《どんかん》で……アルティナは声が出ないながらも、振《ふ》り向《む》いてもらえるように頑張《がんば》っているんですの！　ですから、以前に比べたら天と地ほどの差があるぐらい、生き生きとしてますのよ」

王妃様は頬《ほお》をピンク色に染めて言った。

「素晴《すば》らしいわ！　モニキス公爵令嬢！　私、応援《おうえん》するわね！」

王妃様の言葉に私は笑顔を返した。

「こんな美しく可愛《かわい》らしい方に想われているというのに、司書長ったらダメね！」

王妃様が口を尖《とが》らせた。

可愛いのは貴女ですと言って差し上げたい。

「そうだ！　後で王子達も来るのだけど、貴女達のお兄様と司書長も呼びましょう！　きっと、更《さら》に盛り上がるわ！　ちょっと呼んできてくれる？」

王妃様の言葉に執事《しつじ》様が一礼して去っていった。

お茶会の日は図書館に行く時間がないと思っていたから、シジャル様に会えるのは嬉しい。

私がニコニコすると王妃様は左手で目を覆《おお》った。

「何この子、可愛すぎる」

何やら呟《つぶや》いていたが聞こえなかった。

お茶会が始まると姉達の周りにはドレスの花が咲《さ》いたように令嬢達が集まってきた。

リベリー姉様のドレスは夕焼けのようなオレンジのグラデーションのプリンセスライン、ラフラ姉様のドレスはエメラルドグリーンのマーメイドラインだ。

私はラベンダーブルーのAラインのドレスだが、姉達のように派手ではない。

ファッションに興味はないが、ドレスを着るのなら控《ひか》えめが好きだ。

私はゆっくりと紅茶を口に運んだ。

「まあ！　地味なドレスだこと」

はっきりと聞こえた悪意ある言葉に、その場の空気がピリリとした。

声のした方を見ると緑のプリンセスラインのドレスに金髪《きんぱつ》をツインテールに結《ゆ》った若草色の瞳の令嬢が立っていた。

私の前までやって来た令嬢は私の顔をマジマジと見つめるとフンっと鼻を鳴らした。

「ごきげんよう。私、ホフマン伯爵家《はくしやくけ》次女、メイデルリーナと申します」

この人がシジャル様の婚約者だった人？　見た感じ、けっこう綺麗《きれい》な人だ。

「メイデルリーナさん、妹に何か用かしら？」

ニコニコ笑顔のリベリー姉様が私の前に立った。

「ええ！　私の幼馴染《おさなな》《じ》みのシジャルに大事にされていると勘違《かんちが》いなさっているって聞きましたので、ご忠告しに」

ララ姉様の口元がヒクリと動いたのが解《わか》った。

「ほら、シジャルって私のことが大好きでしょ。私がライアス様の婚約者候補になったから仕方なく諦《あきら》めたみたいですけど、毎日のように会いに来るぐらい私のことが好きな彼が、そんなに直《す》ぐに心変わりするとは思えないものですから？」

姉達の周りにいた数人の令嬢達が顔を曇《くも》らせた。

「お茶会にも夜会にも出ていらっしゃらないからアルティナ様はご存じないかも知れないけれど、私とシジャルがしょっちゅう会っているところを見た人がこの中には沢山いるんですのよ」

聞いていた話通りだが、面と向かって言われるのはやっぱり苦しい。

その時、ディランダル王子と兄、シジャル様が到着した姿が目に入った。

シジャル様がまだ彼女を想《おも》っていたらどうしよう。

周りが騒《さわ》がしくなったことで、メイデルリーナさんもシジャル様に気がついた。

「シジャル！」

嬉しそうに手を振るメイデルリーナさんにシジャル様が首を傾《かし》げた。

「メイデルリーナ？　自分に何か？」

シジャル様は不思議そうに近づいてきた。

「用がなかったら呼んではダメなの？」

メイデルリーナさんの甘《あま》えたような声にソワソワしたような気持ちになる。

「……ダメでは？　貴女はライアス殿下の婚約者候補なのですから」

シジャル様はチラッと私を見るとニコッと笑った。

「アルティナ様もいらしたのですね。落ち着いた品の良いドレスが、アルティナ様によくお似合いですね」

私は慌てて頭を下げた。

嬉しい！　地味かもと思っていたけどシジャル様に褒《ほ》められたからお気に入りのドレスに決定だ！

「ちょっとシジャル？」

「はい。なんでしょう？」

「貴方、私のドレスを褒めてくれたことなんてないじゃない！」

「…………そうでしたか？　基本メイデルリーナは人の話はほとんど聞かず喋《しゃべ》ってばかりなので、話しかけた記憶《きおく》があまりないですね。すみません」

周りの令嬢達が呆然《ぼうぜん》とするなかシジャル様はニコニコしたままそう言った。

「で、でも！　毎日のように会いに来るぐらい私のことが好きだったんでしょ？」

「……えっと、会いに行かないと泣きわめくので仕方なく通いましたが？」

周りの空気がどんどん冷ややかなものに変わっていくのが解った。

「愛がないと無理でしょ？」

「……妹に対するような愛ならありますよ」

メイデルリーナさんは目を見開いた。

「じ、じゃあ！　あの女は？」

メイデルリーナさんが私を指差した。

失礼極《きわ》まりない。

「メイデルリーナ、人に指を差すものではありません。身分だってアルティナ様の方が上です。不敬だと言われてもおかしくないですよ」

シジャル様は真剣《しんけん》な顔で注意してくれた。

メイデルリーナさんの目に涙が浮かぶ。

私は、シジャル様の上着の裾《すそ》を摑《つか》んだ。

「アルティナ様？」

私は手元に置いていたメモに『私は大丈夫ですから』と書いて渡した。

シジャル様はそれを見ると、困ったように笑った。

「気を遣《つか》わせてしまいましたね。申し訳ございません。あっ！　恋愛《れんあい》小説ブームのようなので新しいものを何点か入荷《にゅうか》しましたよ」

『では明日、借りに参ります』

「明日と言わずこの後にでもどうぞ」

そう言ってニコッと笑うシジャル様に、胸がキュンと鳴いた気がした。


お茶会に現れたシジャル様とやり取りをしていると、兄に肩を摑《かた》まれた。

何かと思えば、メイデルリーナさんが目に涙をためながら私を睨《にら》み付《つ》けている。

あまりの恐《おそ》ろしい形相に思わず肩が跳《は》ねた。

「シジャルは私のものなのに！」

メイデルリーナさんの言葉にシジャル様は不思議そうに首を傾げた。

「貴女は、自分を好きでもなんでもないでしょう？　愚痴《ぐち》を聞いてくれる人間が欲《ほ》しいだけなのだと、いつも思っていましたが違いますか？」

メイデルリーナさんがウルウルの瞳でシジャル様を甘えるように見つめた。

「違うわ、シジャル」

「それに、自分も貴女と付き合いたいと思ったことがないんですよ」

「へ？」

「家族から自分のようなボーッとした人間は相手を見つけるのは不可能だから、メイデルリーナと仲良くするように言われたのですが、ライアス王子様の婚約者候補になったと聞いた時は全力で応援したいと思いました。なので頑張って下さいね」

メイデルリーナさんは顔を真っ赤に染め、手を振り上げてシジャル様の頬をビンタした。

キャーっと周りのご令嬢から小さな悲鳴があがる。

シジャル様は変わらずニコッと笑いながら言った。

「こんなことで気がすむのであればどうぞ」

メイデルリーナさんはフンっと鼻を鳴らして去っていった。

「大丈夫ですよ」

シジャル様の赤くなった頬に目頭《めがしら》が熱くなりポロポロと涙が溢《あふ》れた。

「司書長殿、妹を泣かさないでくれるか？」

兄の呆《あき》れたような声がその場に響《ひび》いた。

「えっ？　じ、自分のせいですか？　あの、アルティナ様、申し訳ございません—」

オロオロしながらポケットに手を突《つ》っ込み絶望の顔をしたシジャル様に、更に呆れた顔の兄がハンカチを手渡した。

「あっ、すみません」

シジャル様は受け取ったハンカチで私の涙を拭ってくれた。

そのやり取りがなんだか可笑《おか》しくて、私は小さく笑ってしまった。

「アルティナ様は泣いているお顔も可愛らしいですが、笑っている時の方がずっと可愛らしいですよ」

突然《とつぜん》の甘い言葉に一気に顔が熱くなった。

真っ赤になった自覚がある！

ニッコリと笑うシジャル様の左の頬が赤いのに気がついて、私は泣いていたのも忘れて手を添《そ》えた。

私の手が冷たいのか、シジャル様の頬が熱いのか解らないが、私の手で腫《は》れが引けばいいと思ったのだ。

だが、何故《なぜ》かシジャルの顔は更に赤く染まっていった。

「アルティナ、司書長殿が困っているぞ」

兄の言葉に首を傾げると、シジャル様は踞《うずくま》って顔を両手で覆ってしまった。

「アルティナ、無闇《むやみ》に男性に触《さわ》るのは感心しない」

兄がシジャル様の肩をポンポンと叩《たた》いたが、顔を上げたシジャル様の顔はもはや真っ赤だった。

「司書長殿、冷やした方がいい」

「あっ、はい。すみません」

シジャル様がトボトボとお茶会会場から去っていくのを呆然と見つめていると、兄が私の頭をポンポン叩きながら言った。

「アルティナ、よくやった。攻撃《こうげき》は確実にヒットしている。このまま押すんだ！　司書長殿を追いかけろ！」

私は勢いよく頷くとシジャル様を追いかけた。


追いついた私に、シジャル様は驚《おどろ》いた顔をした。

「アルティナ様？」

私は周りに人がいないことを確認《かくにん》してから言った。

「私のせいですから」

「いや違いますよ。避《さ》けようと思えば避けられたので自業自得《じごうじとく》ってやつです」

シジャル様は、まだ赤みの残る顔をニッコリと笑顔に変えた。

「それでも、お側《そば》にいさせて下さい」

「そ、そうですか？」

シジャル様は苦笑いを浮かべながら頭をポリポリとかいてゆっくりと歩きだした。

「アルティナ様、ちょっと寄り道しましょうか？」

「ダ、ダメです！　早く冷やさないと」

私がそう言って怒ると、シジャル様はポケットの中からシワシワのハンカチを取り出し、小さく呪文《じゅもん》を唱えた。

すると、シワシワのハンカチが水に浸《ひた》したようになり、そのうちゆっくりと霜《しも》が降ったようになった。

そのハンカチを頬に当てると、シジャル様が中庭を指差して言った。

「これで大丈夫です。王宮の庭の中でもこの先にあるダリア園は今が見ごたえなんですよ！」

シジャル様はハンカチを持っていない方の手で私の手を握《にぎ》るとニコニコ笑った。

私は小さく頷くことしかできなかった。

そんな私にシジャル様は気を悪くする素振《そぶ》りもなくダリア園までエスコートしてくれた。

手を繋《つな》いだままなのが気になる。

そう思っている間にも現れた、一面に広がる色とりどりのダリアに圧倒《あっとう》された。

「ダリアはお好きですか？」

シジャル様は楽しそうに聞いてきた。

「姉達の方が好きだと思います」

「アルティナ様は好きではないですか？」

驚いた顔のシジャル様には悪いけど、好きか嫌《きら》いかで聞かれたら嫌いだ。

「私は小さな花が咲くものが好きです。カスミソウとか菫《すみれ》のような」

「そうでしたか」

せっかく誘《さそ》って下さったのに嫌《いや》な気分にさせてしまった。

私は凄く後悔《こうかい》した。

好きだと言えれば良かったのに。

「でも実は自分も華《はな》やかな花より控えめな花の方が好きなのです。気が合いますね。そうだ、今度はそういった花が咲く場所を探しておきましょう。王宮では華やかなものが多いので別の場所になりますが」

私が驚いているとシジャル様はイタズラを思いついたような顔をした。

「その時はご一緒《いっしょ》していただけますか？」

私が頷くとシジャル様は無邪気に言った。

「良かった。これでアルティナ様とデートができます」

私は跳《と》び上がりそうなほど驚いた。
デ、デート？
私とシジャル様が、デート？

「サンドイッチにジャムたっぷりのスコーン、それに紅茶を持って本の話をしながらピクニックするなんてどうでしょう？」

シジャル様は繋いだままの手をキュッと確かめるように握った。

「まあ、既に今もデートですがね」

私の頬が真っ赤に染まると、シジャル様は満足そうな顔をした。

「そんな可愛い顔ばかりしていると手を離《はな》したくなってしまいますよ……悪い男に捕まる前に逃《に》げて下さい」

私がシジャル様から逃げる？

私は今、試《ため》されているのかも知れない。

「シジャル様からは逃げません」

「後悔なさるかも」

「しません」

「では逃がしてあげません」

そう言ってシジャル様は私の手をギュッと強く握った。

なんて幸せな時間だろうか。

私はダリア園を抜《ぬ》けて図書館につくまでの間、幸せな時間を噛《か》み締《し》めたのだった。

妖精と怪物　クリスタ目線

私の婚約者《こんやくしゃ》はこの国の第一王子であるディランダル様だ。

言わば私、クリスタ・ロザリオは次期王妃《おうひ》。

……私がそんな器《うつわ》でないことぐらい承知している。

騎士《きし》団長の娘《むすめ》で、生まれた時からディランダル様の婚約者。

王妃教育の合間に小さい時から剣術《けんじゅつ》や体術を遊びと称《しょう》して教え込まれ、王妃教育よりも武術にのめり込むダメな女。

それなのに、ディランダル様はどんどん素敵《すてき》な殿方《とのがた》になり私はどんな淑女《しゅくじょ》よりも……

もしかしたらディランダル様よりも男らしく成長してしまった。

本物の淑女達は私を白百合《しらゆり》の貴公子と呼び、男達は私を戦女神《いくさめがみ》と呼んだ。

ぶっちゃけて、私はディランダル様に相応《ふさわ》しい女にはなれていない。

むしろ、男だったら女性にモテモテだった自信すらある。

それでも私はディランダル様が好きなのだ。

キラキラと輝《かがや》く黄金の髪《かみ》、星をちりばめたようなアクアマリンの瞳《ひとみ》。

才色兼備《さいしょくけんび》とは彼のためにある言葉。

そんなディランダル様に私が相応しくないと思い始めたのは、彼が楽しそうにアルティナさんの話をしてくれた時だった。

遠めに見たことのあるユーエン殿《どの》の妹三人。

一番上は妖艶《ようえん》な美人、二番目は気の強さを思わせる凜《りん》とした美人、三番目は可愛《かわい》らしさと美しさを混ぜて絞《しぼ》り、いいところだけを取り出したような、儚《はかな》げで妖精《ようせい》のような神秘的な美しさを持つ美人。

その三番目の美人、私が一番憧《あこが》れる美しさを持ったアルティナさんに会ったとディランダル様が興味深そうに話していたことに絶望した。

婚約を破棄《はき》しなくてはいけないのかも知れない。

そんな心配が杞憂《きゆう》だったと解ったのは、アルティナさんが私の心の兄であるシジャル兄さんのことを好きらしいというディランダル様の話だった。

ビックリした。

シジャル兄さんは、親同士が友人で昔から知っているが、なんというか無気力というか？　恋愛《れんあい》なんてものに興味を持つ類《たぐ》いの人種ではないと思っていたからだ。

婚約者だったはずのメイデルリーナ嬢《じょう》と一緒《いっしょ》にいるところを何度も見ているが……うん。

興味がないのが丸解りだった。

もっと彼女に興味を持ってはどうか？　と言ったら、『自分に興味がない人に興味を持つのは大変ですね』と言って笑っていた。

まあ、メイデルリーナ嬢はどちらかというとシジャル兄さんが好きなんじゃなくて、自分に夢中な男がいるってことに価値を感じているタイプだったから、シジャル兄さんの反応は全《まっと》うに見えた。

あれほど美しいアルティナさんが相手なら、シジャル兄さんも恋愛できるんだろうか。

＊
✦＊
✦
＊

久しぶりに司書長をしているシジャル兄さんに会いに王立図書館に足を運んだのは、デイランダル様との仲が強固なものになってから三日後のことだった。

図書館の中は静かで穏《おだ》やかな時間が過ぎている。

そこで見たのは、本を読むアルティナさんを穏やかに見つめるシジャル兄さんだった。

？？？

あんなシジャル兄さんの顔、初めて見た。

穏やかで幸せそうな、緩《ゆる》んだ顔だ。

「シジャル兄さん」

声をかければ、いつも通りの笑顔《えがお》を私に向けるシジャル兄さん。

「やあ、クリスタ。今日はどんな本をお探しかな？」

「私が本を苦手なのは知っているだろ？　意地悪言わないでくれ」

「言葉使いの本がいいかな？　とってくるよ」

シジャル兄さんがクスクス笑いながらカウンター席から立ち上がる。

悔《くや》しいが、シジャル兄さんは私に今一番必要な本を見つける天才だから黙《だま》って従うことにする。

本を持って帰ってきたシジャル兄さんは貸し出しの手続き書を書きながら言った。

「何か相談事か？」

「シジャル兄さんは……アルティナさんが好きなのか？」

途端《とたん》に、文字が読めないほど変な形に曲がっていくのが見えた。

動揺《どうよう》が半端《はんぱ》ない。

「……クリスタ、大人をからかうものじゃない」

「からかってなどいない。そっちが勝手に動揺しただけだろう。それに私ももう子供ではない。今ならシジャル兄さんと魔物狩《まものが》りをしても、数で負けるなんてことはない」

「狩りを引き合いに出すところがまだまだ子供なんじゃないかな？」

「……負けたのが今でも悔《くや》しいだけだ！」

何時《いつ》も通りの余裕あるシジャル兄さんに戻《もど》ってしまった。

「アルティナさんは本当に可愛いな」

私が呟《つぶや》くと、シジャル兄さんは二枚目の書類もダメにしてしまった。

「私もあんな儚げな美人に生まれたかった」

「……アルティナ様は儚げに見えても一本芯《しん》の通った強い女性だよ」

「そこに惚《ほ》れたのか？」

三枚目の書類にはインクがぽたぽたと垂れて使い物にならなそうだった。

なんだ、シジャル兄さんもアルティナさんに惚れているんじゃないか。

「私はシジャル兄さんの味方だよ」

「……ありがとうクリスタ」

シジャル兄さんはいつになく素直だ。

勿論《もちろん》、協力するさ。

私が唯一《ゆいいつ》勝てないと思う怪物《かいぶつ》と妖精の恋だなんて、物語のようじゃないか！

この物語を私がハッピーエンドに変えてやる！

私はそう決意して四枚目の書類を書くシジャル兄さんを見つめるのだった。

イタズラ？

最近お茶会に誘《さそ》われることが増えたのは、私と仲良くしてくれる人が増えたからだと思う。

兄と姉達は勿論《もちろん》、王妃様《おうひさま》や第一王子様、その婚約者であるクリスタ様も私を可愛《かわい》がってくれる。

お茶会に呼ばれれば姉達のいるテーブルか、王妃様とクリスタ様のいるテーブルに案内されるが、これって普通《ふつう》の貴族令嬢《れいじょう》からしたら本当に羨《うらや》ましいことだろう。

「ねえクリスタ。この前アルティナさんに喧嘩《けんか》を売った令嬢いたでしょ」

今日のお茶会は王妃とクリスタ様と私の三人だけ。

王妃の私室の庭で開催《かいさい》されている。

ピンク色の薔薇《ばら》が咲《さ》き乱れ、甘《あま》い香《かお》りに包まれた庭。

そこに、不穏《ふおん》な空気が流れたのが解《わか》った。

「アルティナさんに喧嘩を？　何処《どこ》の令嬢だ？　私が成敗してくれる！」

今まで優雅《ゆうが》にお茶を飲んでいたクリスタ様の眉間《みけん》にシワが寄っている。

しかも、高そうなティーカップの持ち手がクッキーのようにポキッと折れていた。

「クリスタは知ってるんじゃないかしら？　メイデルリーナって子なんだけど」

「……幼馴染《おさななじ》みと言えなくもないです」

クリスタ様は眉間のシワを深くした。

「……彼女はシジャル兄さんと関わる女性全てに敵意をむき出しにしますから」

「実はね、あの子ライアスの婚約者《こんやくしゃ》候補の一人だったのよ」

王妃様はクスクス笑いながらカップをソーサーに戻《もど》すと、私にクッキーを勧《すす》めながら言った。

「ライアスにお茶会であったことをうっかり話しちゃってね……そしたら凄《すご》く怒《おこ》って婚約者候補から外した上に暫《しばら》く登城を禁止したみたい」

何もそこまでしなくても。

顔を見て察したのか王妃様は私の頭を軽く撫《な》でると笑った。

「私もやりすぎよ！　って言ったのだけど、もう遅《おそ》くって。ライアスは貴女《あなた》に好かれたかったみたいだけど、そんなことされたら女の子は引いちゃうわよね」

私は苦笑いを浮かべることしかできなかった。

「アルティナさん、メイデルリーナは我《わ》が儘《まま》を無理やり通す女だ。気をつけてくれ」

私が首を傾《かし》げるとクリスタ様は嫌《いや》そうな顔をした。

「私はディランダル様の婚約者だし、元々嫌がらせをされても怖《こわ》がるような柔《やわ》な女ではないから大丈夫《だいじょうぶ》だったが、アルティナさんは気をつけてくれ」

心配そうにしているクリスタ様に私はメモ張を取り出して聞いた。

『どんな嫌がらせをされたのですか?』

「私も気になるわ！　クリスタ、教えてちょうだい！」

王妃様のはしゃいだ声に、クリスタ様はにっこりと笑った。

「……大したことではないですが、よろしいでしょうか?」

私と王妃様が頷《うなず》くとクリスタ様は躊躇《ためら》いなく話し始めた。

「そうですね。プレゼントだと言われて受け取った箱には芋虫《いもむし》がびっちり入っていたし、水溜《みずた》まりを見れば突《つ》き飛《と》ばしてくるし、花瓶《かびん》を投げられたり泥水《どろみず》の入ったバケツを二階から落とされたり、そのくらいですかね?」

私と王妃様の顔色は最悪だ。

そんなことをされたらと想像しただけで、私も王妃様も青くならずにはいられなかった。

「イタズラの範囲内《はんいない》ですよ」

私が信じられないものを見るような目をクリスタ様に向けると、王妃様に肩《かた》をポンポンと叩《たた》かれた。

「気にしてはダメよ。次期王妃がこの強さなら国は安泰《あんたい》でしょ？」

オチャメな王妃様と大胆《だいたん》なクリスタ様を見ていたら、なんだか笑えてきてしまった。


三人でお茶会をした数日後、小包が届いた。

差出人のない、私宛《あて》の荷物。

クリスタ様の言っていた芋虫ボックスかも知れないと箱に耳をつけてみたが音がしない。

生き物であれば音がしそうなものだが。

箱を振《ふ》ってみるとカタコトと硬《かた》いものが動く音がした。

私は意を決して箱を開けてみた。

そこには、真っ赤な宝石のついた銀細工のブローチと手紙が入っていた。

男性的な文字で『貴女を思う司書より愛を込めて』と書かれている。

それを見た瞬間シジャル様が浮かんだが、違う司書様なら受け取るわけにはいかない。

私は急いで図書館に向かう準備をした。

もしシジャル様なのであれば……シジャル様は私を好きだということになる。

そうなら、毎日身に付けたい。

確認《かくにん》しなくては！
私は浮かれていたのかも知れない。
まさか、あんなことになるなんて考えてもみなかったのだ。

涙　シジャル目線

その日、アルティナ様は図書館に現れなかった。

次の日、ユーエン様も城に来ていないと司書仲間から聞いた。

「シジャル兄さん！」

その次の日にやって来たのはクリスタだった。

「そんなに慌《あわ》ててどうしたんだい？」

「これが慌てずにいられるか！」

クリスタは図書館のカウンターテーブルを叩《たた》くと叫《さけ》んだ。

「アルティナさんが魔物《まもの》に襲《おそ》われたんだぞ！」

何を言われたのか解《わか》らなかった。

たぶん理解したくなかったのだ。

思わず立ち上がり、クリスタの肩《かた》を掴《つか》んでしまった。

「シジャル兄さん、痛い」

慌てて手を離《はな》したが悪いことをしてしまった。

「何故《なぜ》魔物なんて……」

「……魔物寄せの宝石の付いたブローチが送られてきたらしい。司書を名乗る人物から」

魔物寄せの宝石とは、人には解らないが魔物を引き付ける臭《にお》いを放つ石で、真っ赤な色をしており見た目は綺麗《きれい》だ。

主に、魔物を使った暗殺などに使われている。

「シジャル兄さん、アルティナさんは無事だ。少し擦《す》り傷《きず》を作ったみたいだが、馬車を運転していた執事《しつじ》が昔騎士《きし》だったらしい」

自分は安堵《あんど》の息を吐《は》き出したが、クリスタの眉根《まゆね》を寄せたままだった。

「クリスタ」

「シジャル兄さんお見舞《みま》いに行こう。アルティナさん、凄《すご》くショックを受けてるらしいんだ」

その言葉に息が詰《つ》まる。

アルティナ様が恐《おそ》ろしい目にあっている時に自分は何もできなかった。

なんて情けないんだ。

「シジャル兄さん、アルティナさんが元気を取り戻せるように、楽しい気分になれるような本を選んで持っていこう！」

「……ああ、そうですね。アルティナ様は今、恋愛《れんあい》小説がブームらしいから、ハッピーエンドの話を選《え》りすぐろう」

少しでも気持ちを軽くするべく、幸せな結末になる恋愛小説を数冊選んでクリスタと共にアルティナ様の屋敷《やしき》に向かった。


アルティナ様の屋敷につくと、ユーエン様が出迎《でむか》えてくれた。

「司書長殿、よく来てくれた。クリスタ様もありがとうございます」

「アルティナ様のお心が少しでも明るくなればと、本を持参いたしました」

「ああ、ぜひ会ってやってくれ」

案内されたのは白を基調とした可愛《かわい》らしい部屋で、天蓋《てんがい》付きの真っ白なベッドが設《しつら》えられていた。

「アルティナ、司書長殿が本を持ってきてくれたぞ」

天蓋を開けて声をかけるユーエン様の後ろからそっと中を覗《のぞ》くと、可愛らしい寝間着《ねまき》姿のアルティナ様が見えた。

顔色は青白く、ただでさえ儚《はかな》げだったというのに、今にも消えてしまいそうに見えた。

ユーエン様はアルティナ様を座《すわ》らせカーディガンを肩にかけてあげた後、自分に場所を譲《ゆず》ってくれた。

「アルティナ様、この度《たび》は大変な目にあわれて……貴女《あなた》が無事で良かった。ずっとベッドの上では気分が晴れないでしょうから本を持ってきました」

虚《うつ》ろな目をしたアルティナ様は、本当に人形のようだった。

後ろでクリスタが息を呑《の》んだのが解った。

寝起きだからぼーっとしているわけではないことは嫌《いや》でも解る。

相当のショックをひしひしと感じる。

アルティナ様を狙《ねら》った犯人を殺してやりたいと思いながら、本を膝《ひざ》の上に置いてあげた。

アルティナ様はゆっくりと本の表紙を指先で触《さわ》っただけだったが、少しでも反応してくれたことに安堵した。

「アルティナ様、今はショックが抜《ぬ》けないのは当たり前です。楽しいことだけしてゆっくり忘れましょう。また直《す》ぐに新しい本を持ってきますからね」

すると、アルティナ様はゆっくりと自分の服の袖《そで》を掴んだ。

それを見たユーエン様が口を開いた。

「司書長殿、少しアルティナを任せてもいいだろうか？　クリスタ様と話をしたいんだ」

「私と話？」

「まあ色々と。その間、アルティナをお願いしたい」

ユーエン様は、アルティナ様と二人きりにしてくれるつもりらしい。

自分は感謝を浮かべて頷《うなず》いた。

そして、ユーエン様がクリスタと部屋を出ていくとアルティナ様の目から涙《なみだ》が溢《あふ》れ落ちた。

自分は慌ててポケットからハンカチを取り出し涙をふく。

「怖《こわ》かったですね」

そう言って背中をさすると、アルティナ様は枕元《まくらもと》に置いてあったメモ帳にゆっくりと震《ふる》える手で書き始めた。

『声が出なくなってしまいました』

どういうことか解らずアルティナ様を見れば、涙を流しながら必死にメモ帳に向かっていた。

『声が出ないなんて嘘《うそ》をついたから、バチが当たったのです』

そこまで見て、アルティナ様が何にショックを受けていたのか解った。

彼女は本当に声を失ってしまったのだ。

今まで自分にだけ聞かせてくれたあの可愛らしい声が出なくなってしまったなんて。

『兄と姉達に心配をかけた罰《ばつ》なのです』

震える文字に痛々しさが滲《にじ》む。

あまりの恐怖《きょうふ》に、彼女の嘘が本当になってしまったというのか。

「アルティナ様」

『声が出ないというのはこんなにも恐ろしいことだったのですね』

アルティナ様はそれだけ書くと自分にしがみついて泣いた。

自分はアルティナ様が泣きつかれて眠《ねむ》るまでの間、小さな背中をさすり続けたのだった。


アルティナ様がようやく眠りにつくと、部屋の外に待機していた侍女殿《じじょどの》に頼《たの》み自分はユーエン様のもとに向かった。

ユーエン様は書斎《しょさい》にいた。

部屋の奥《おく》に大きな机があり、その向かいにテーブルとソファーが置かれている。

ソファーにはクリスタが座っていてお茶を飲んでいた。

「アルティナは？」

「泣きつかれて眠ってしまいました」

「そうか……実は、司書長殿が来るまで泣くこともできずにいたんだ」

ユーエン様は苦しそうにそう言って笑った。

「何もしてあげられない不甲斐《ふがい》ない兄で、嫌になる」

「アルティナ様はユーエン様を不甲斐ないなどと思うような方ではありません！　……むしろ、ユーエン様達に心配をかけていることを不甲斐ないと考えておられます」

泣き顔を思い出して、苦しくなる。

「アルティナは何も悪くない」

「ユーエン様も悪くないです」

ユーエン様は深い息を吐き出した。

「クリスタ様からメイデルリーナ嬢《じょう》の話を聞いた」

自分は息を呑んだ。

メイデルリーナがアルティナ様を殺そうとしたというのか？

「僕が調べた上でも、彼女が一番怪《あや》しい」

「ですが」

「メイデルリーナ嬢に明日、この家に来てもらうよう招待した」

メイデルリーナは我《わ》が儘《まま》だが、やることは全て幼稚《ようち》なことだと思っていた。

「そこで、司書長殿に立ち会ってほしいと考えている」

「解りました」

自分は信じたくない気持ちを抱《かか》えて頷いた。

＊
✦＊
✦
＊

翌日、自分は早めにアルティナ様の家に向かった。

アルティナ様は自分が顔を出すと、困ったように笑った。

自分にできることは些細《ささい》なことだ。

「お土産《みやげ》を忘れてしまいましたので、今、作りますね」

そう言って魔法《まほう》で氷の薔薇《ばら》を作ってみせると、アルティナ様は驚《おどろ》いた顔をした後、泣きそうな顔で笑ってくれた。

アルティナ様の心が少しでも軽くなればと思い、約束の時間ギリギリまで側にいさせてもらった。

その後、ユーエン様が呼びに来たのでアルティナ様の頭を軽く撫《な》でてからついていった。

聞けば、お茶会と称《しょう》してメイデルリーナを呼び出したようだ。

案内された中庭にはアルティナ様の姉君二人とクリスタ、そしてメイデルリーナが待っていた。

見れば楽しそうに笑っている。

「シジャルも呼ばれたのね！　会えて嬉《うれ》しいわ！」

そう言ってまっすぐ自分のもとへ駆《か》け寄《よ》ってきた。

この無邪気《むじゃき》なメイデルリーナが本当にアルティナ様を殺そうとしたのだろうか？

そこにクリスタの声が響《ひび》いた。

「メイデルリーナ！　話がある」

「？」

不思議そうに首を傾《かし》げるメイデルリーナを睨《にら》み付《つ》けてクリスタは静かに言った。

「アルティナさんに贈《おく》り物《もの》をしたのは君だろ？」

メイデルリーナは口を尖《とが》らせると拗《す》ねたような顔をした。

「もうバレちゃったの？　ちょっとイタズラしただけじゃない」

クリスタは目を吊《つ》り上げて叫んだ。

「アルティナさんは死ぬところだったんだぞ！」

「し、死ぬ？　ミミズボックスで？」

その場にいた全員が驚いた顔で固まった。

「集めるの大変だったのよ！　まあ、執事が集めたんだけど……あ、あの、もしかして、アルティナ様は心臓とか弱かったの？　私知らなくて……ごめんなさい」

メイデルリーナが嘘をついているようには見えなかった。

「ブローチは？」

クリスタが問いつめると、メイデルリーナは首を傾げた。

「ブローチって？」

自分はメイデルリーナの肩に手を置いた。

「司書を装《よそお》った手紙は？」

「私のシジャルとイチャイチャしてたから〝貴女を愛する司書より〟って書いたら絶対に箱を開けるって思ったんだもの！　まさか、そんな大事になるなんて思ってなかったの！　ごめんなさい」

メイデルリーナの言い分でいけば、箱の中身をすり替《か》えた誰《だれ》かがいるということになる。

「メイデルリーナはアルティナ様にブローチを送っていないんだな」

「ブローチ？　私は嫌がらせをしたかっただけよ！　そんないいものあげないわ！」

「魔物寄せの宝石の付いたブローチでも？」

「シジャル、私自分があまり頭が良くないって解ってるけど、シジャルの婚約者だったのよ？　魔物がどれだけ恐ろしいかってことだけは知ってるわ！　アルティナ様にそんなものを送ったってバレたら私だけじゃなくて家族までどうなるか」

そこまで解っていてミミズボックスを送ったって言うのか？

呆《あき》れたように見るとメイデルリーナはぐっと暫《しばら》く黙《だま》った後、呟《つぶや》くように言った。

「私は我が儘を聞いてくれるシジャルが大好きだったの。だから、取られて本当にムカついたわ！　でも、アルティナ様の方が身分は上だし、うかつに手を出せないからどうしようって思ってたら、新しく来た侍女に『アルティナ様はお優《やさ》しいからイタズラのプレゼントぐらい許してくれる』って……言われて」

「それを信じた？」

ゆっくりと頷くメイデルリーナを見て、ため息が出た。

メイデルリーナはいいように使われただけだ。

犯人は他にいる。

「その侍女に会わせてくれるかい？」

「昨日、お母様が倒《たお》れたから故郷に帰るって出ていっちゃったわ」

ユーエン様が壁《かべ》を殴《なぐ》りつける。

クリスタはメイデルリーナの腕《うで》を掴んだ。

「メイデルリーナ、君はアルティナ様暗殺未遂《みすい》事件の犯人にされそうになっている」

「はあ？　私、殺そうなんて思ってない！　信じてシジャル！」

自分も、メイデルリーナが考えつくイタズラのレベルを超《こ》えていることは解る。

「メイデルリーナ、その侍女の顔は覚えているかい？」

「記憶力《きおくりょく》には自信があるわ」

「絵描《えか》きに似顔絵を描かせましょう。侍女が怪しい」

自分の言葉にその場にいた全員が頷いたのだった。

お見舞い

司書と名乗る人物からブローチを贈《おく》られ、シジャル様からなのか確かめようと思い馬車に乗った。

得体の知れないドロッとした魔物《まもの》がにゅるりと馬車に入ってきた時は生きた心地《ここち》がしなかった。

必死で馬車を内側から叩《たた》いたことで、元騎士の従者が気づいてその魔物を倒《たお》してくれた……らしいのだ。

私はどれぐらいで意識を手放したのかも覚えていない。

次に目が覚めた時には自室のベッドの上だった。

兄と姉達が手を握《にぎ》ってくれていた。

何が起きたのか解《わか》らなかった。

「アルティナ、大丈夫《だいじょうぶ》か?」

兄が心配そうに聞く。

私は何も返さなかった。
今までとは何かが違《ちが》うと思った。
それが何かが解らずボーッとすることが増えた。
そんな時、シジャル様とクリスタ様がお見舞《みま》いに来てくれた。
シジャル様の顔を見た瞬間《しゅんかん》、気がついた。
声の出し方が解らないのだ。
話そうとすると息ができなくなるほど苦しくて涙《なみだ》が溢《あふ》れた。
私、本当に声が出なくなってしまったんだ。
バチが当たったのだ。
もっとちゃんと兄と姉達と話すことを選んでいたら。
喋《しゃべ》ることをやめたりしなかったら。
……違う。
もっと早くシジャル様に好きだと伝えていたら、声が出なくなっても悔《く》いはなかった。
それなのに、もう私の「好き」という気持ちは声にはならないのだ。
自分の不甲斐《ふがい》なさに涙が止まらなかった。
シジャル様にすがりついて泣いてしまったのは許してほしい。
その後もシジャル様は毎日会いに来てくれた。

私の気持ちを軽くしてくれるような本を選び、魔法《まほう》で氷の薔薇《ばら》を出してくれたこともあった。

「アルティナ様、今日はチョコレートをお持ちしました」

『毎日毎日すみません』

私がメモに書いて渡すと、シジャル様はニコッと笑った。

「謝《あやま》るようなことではありません。好きで来ているんですから……それとも自分が来るのは迷惑《めいわく》ですか？」

シジャル様は心配そうな顔をした。

私は勢いよく首を横に振《ふ》った。

「良かった。迷惑だと言われたら一日おきにしようかと思いましたが、毎日会いに来ても大丈夫ですね」

そう言って笑うシジャル様に私は泣きたくなった。

好きな人に気を遣わせてしまい申し訳ない。

『本当に声が出なくなって解りました。こんな面倒《めんどう》な私はお嫁《よめ》には行けないと思うのです。お兄様に迷惑ばかりかけて申し訳なくて』

いろんな人に迷惑をかけて、それでも誰《だれ》かに頼《たよ》らなければ生きていけない自分が情けない。

私の愚痴《ぐち》メモを見たシジャル様は驚《おどろ》いた顔をした後、真剣《しんけん》な顔をした。

「アルティナ様、声など大したことではありません。貴女《あなた》は美しく聡明《そうめい》だ。嫁に欲しい男は星の数ほどいます」

『シジャル様はお優《やさ》しいからそんなことを言って下さるのでしょ？』

「アルティナ様はご自分の魅力《みりよく》が微塵《みじん》も解っていない」

『魅力なんてありませんわ』

私が拗《す》ねたように書いた言葉を見るとシジャル様は私の手をペンごと摑《つか》んで言った。

「貴女の魅力は自分が一番よく解っています」

一気に顔が熱くなる。

きっと真っ赤に染まってしまっているに違いない。

「アルティナ様、気分を換えて、自分の実家に療養《りようよう》に行きませんか？　自分も有休を使ってお供しますから」

握られた手を見つめていた私はシジャル様に視線を移した。

「綺麗《きれい》な場所が沢山《たくさん》あるんです。アルティナ様に見せてさしあげたい。もしかしたら、森の精霊が貴女の声を治す方法を知っているかもしれません。勿論《もちろん》、危険からは全て自分がお守りします」

声が出せるようになるかもしれない。それに、シジャル様と旅行。

一緒《いっしょ》に旅行に行ったらシジャル様ともっと仲良くなれる？

『こんな私がご一緒しては迷惑では？』

「迷惑だなんて。うちは大歓迎ですよ」

優しいシジャル様の言葉に逆らう理由など今の私にはない。

こうして一週間後、私はシジャル様と彼の実家に旅行に行くことが決まったのだった。

＊＊

シジャル様のご実家はさすがに辺境伯だけあって王都から遠く、五日ほど馬車で揺《ゆ》られると聞いた。

旅行の準備は姉二人が手伝ってくれて、一週間はあっという間に過ぎた。

「お迎《むか》えに上がりました」

お兄様がつけてくれた侍女《じじょ》を一人連れていこうとしたのだが、シジャル様は滞在《たいざい》中は屋《や》敷《しき》にいる侍女をつけるから必要ないと言う。

それだと、五日間の旅の面倒《めんどう》を見てくれる人がいないから不安だ。

「大丈夫ですよ！　ひとっ飛びですから」

シジャル様の笑顔《えがお》に何故《なぜ》だか嫌《いや》な予感がした。

「司書長殿、どういうことだろうか？」

「自分の使い魔《ま》の飛竜《ひりゆう》で行けば一日もかかりません」

兄の呆《あき》れた顔を見ながらシジャル様が私の目の前に手を差し出した。

見れば、シジャル様の腕《うで》に羽の生えた蜥蜴《とかげ》が巻きついている。

私がマジマジと見つめるとキューーっと可愛《かわい》い声で鳴いた。

指を近づけると蜥蜴は自分から私の指に頭を擦《こす》りつけてきた。

「使い魔のシャルロです。アルティナ様を気に入ったようですね」

シャルロと呼ばれた蜥蜴はシジャル様の腕からパタパタと飛び立つと私の首元にネックレスのように巻きついた。

「シャルロ、アルティナ様に失礼だ。こっちにおいで」

シジャル様が慌《あわ》てて手を伸《の》ばすが、シャルロはプイッとそっぽを向いてしまう。

そんなところも可愛いと思い、首元を撫《な》でてやるとクルクルクルと可愛く鳴いた。

「司書長殿、飛竜とは安全なのか？」

兄の心配そうな顔にシジャル様は穏《おだ》やかな笑みを返す。

「自分が必ずお守りいたしますのでご安心下さい」

兄は渋々了承《しぶしぶりようしよう》してくれた。

荷物の入った重たいトランクをシジャル様が軽々と持ってくれて外に出る。

「飛竜は何処《どこ》に？」

兄が聞くとシジャル様は私の方を見た。

私が首を傾《かし》げるとシジャル様は困ったように眉《まゆ》を下げた。

「シャルロ、頼《たの》むよ」

シジャル様の言葉にシャルロは私の首元から飛び立つと、瞬時に十メートルはありそうな大きさに姿を変えた。

大きなシャルロも私に顔を近づけてくる。

黒い瞳《ひとみ》に薄《うす》い緑色の身体《からだ》。私の五倍以上はある大きな顔をおっかなびっくり撫でてあげると、嬉《うれ》しそうに目を細めた。

「自分の使い魔のはずなんですがね？」

私が笑うとシジャル様も柔《やわ》らかく笑ってくれた。

シャルロを撫でている間に、シジャル様がシャルロの背中に私の荷物と座《すわ》るための鞍《くら》のようなものをつけていく。

そして、準備が終わるとシジャル様は私を抱《かか》えてシャルロに乗せ、風を和《やわ》らげる魔法《まほう》をかけてくれた。

この魔法のお陰《かげ》で速く飛んでも楽に呼吸ができるようになるのだそうだ。シジャル様は兄に手を振《ふ》って旅だった。

　シャルロは私を気遣《きづか》うように飛んでくれているようで、揺れや衝撃《しょうげき》はほとんど感じない。

「いつもは振り落とされるかと思うぐらい飛び方が雑なんですよ」

　シジャル様が愚痴るように教えてくれた言葉にシャルロが文句を言うようにグルルルルっと低い声で唸《うな》ったので思わず笑顔になった。

　シャルロに乗っている間はメモを書くことができず意思の疎通《そつう》ができないのに、シジャル様は下に湖があるとか鹿の生息地だとか、私が退屈《たいくつ》しないように沢山喋ってくれた。

　シジャル様の優しさに私がどれだけ助けられているか、シジャル様は解っていないと思う。

　本当に、私は貴方が好き。

　五秒だけでいい、声が出せたら。

　私はそんなことを思いながら、シジャル様の話を聞くのだった。

家族

シャルロの背中に乗り三時間ほどで一度地上に降りて休憩《きゅうけい》をはさみ、そこから三時間ほどでシジャル様のご実家についてしまった。

休憩をはさんだ後、私がウトウトしている間にスピードを凄《すご》く上げてくれたのだと聞いて、感謝を込めてシャルロを沢山《たくさん》撫《な》でてあげた。

「家族に紹介《しょうかい》いたしますね」

シジャル様が私の荷物を抱《かか》え下ろすと、シャルロは蜥蜴《とかげ》に戻って私の首に巻きついた。

「自分の使い魔《ま》のはずなんですがね」

私がクスッと笑うとシジャル様は苦笑いを返してくれた。

その後、シジャル様が玄関扉《げんかんとびら》を開けようとすると、扉がひとりでに開いた。

「シジャル様、お帰りなさいませ」

扉を開けたのは白髪《しらが》まじりの初老の執事《しつじ》だったのだが、執事はシジャル様から私に視線を移すと大きく目を見開いた。

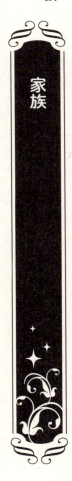

なんだろう？　怖《こわ》い。

「シ、シジャル様、こちらのお嬢様は？」

執事はシジャル様のお腹目《なか》がけて蹴《け》りを入れようとして避《よ》けられていた。

「何処《どこ》から拐《さら》ってきたんです！　犯罪ですよ！」

「マーフィス……アルティナ様は療養《りょうよう》に来ただけだ」

私はマーフィスと呼ばれた執事に頭を下げた。

「アルティナ様、うちの者には気を遣わなくていいのですよ」

私は急いでメモ帳を取り出して書いた。

『これからお世話になります。アルティナと申します。声が出せない厄介者《やっかいもの》ですが、よろしくお願いいたします』

そのメモを手渡《てわた》すと、マーフィスさんはまた目を見開いた。

そして、瞳《ひとみ》をうるうるさせ始めた。

「妖精《ようせい》のようにお美しいのに声を失ってしまっているだなんて。シジャル様に何もされていませんか？」

私は慌《あわ》てて首を横に振《ふ》った。

『シジャル様はとてもお優《やさ》しく私をいたわって下さいます』

「……そうですか？」

何かを疑ったような顔をするマーフィスさんにシジャル様の口元がヒクヒクしていたのは見なかったことにした。

「アルティナ様、部屋に荷物を置いたら、書庫に行ってみませんか？　ここにしかない本もあるんですよ！」

シジャル様が私に笑顔《えがお》を向けている後ろで、マーフィスさんが信じられないものでも見るような顔をしている。

「マーフィス、部屋を用意するように連絡を入れたよな？」

「旦那様《だんなさま》がシジャル様の隣《となり》の部屋をと……」

「…………はぁ？」

シジャル様の顔がひきつったのが解《わか》った。

シジャル様のお隣の部屋とか凄く嬉《うれ》しいが、迷惑《めいわく》なのだろうか？

「親父《おやじ》は何を考えてるんだ？」

「旦那様はたぶん、何も考えていません」

シジャル様が長いため息をついた。

「アルティナ様、別の部屋を用意させますのでお待ち下さい」

『隣の部屋ではダメなのですか？』

私のメモを見たシジャル様はオロオロしてから息を一つ吸《す》い込むと、ゆっくりと言った。

「自分はユーエン様からアルティナ様を頼《たの》むと言われているので」

私は首を傾《かし》げた。

『私はシジャル様の側にいられれば安心します』

私のメモを見たシジャル様が膝《ひざ》から崩《くず》れ落ちた。

何かダメなことをしてしまったのだろうか？

慌ててシジャル様の背中をさすった。

「シジャル様、どうなさいますか？」

マーフィスさんが呆《あき》れたように聞いてきたので、私はメモを書いて渡した。

『私はシジャル様のお側がいいです』

マーフィスさんはそのメモを見るとヒクッと口元を一度引き上げてから、作り物のようないい笑顔を作った。

「では、お部屋にご案内いたします。シジャル様は捨て置いていただいて結構ですので」

私はシジャル様をチラチラ見ながらマーフィスさんの後を追いかけたのだった。

マーフィスさんに連れてこられた部屋は、陽当《ひあ》たりのいい薄緑色《うすみどりいろ》の落ち着いた部屋だった。

「隣はシジャル様の部屋になりますが、見てみますか？」

私は期待に胸躍《おど》らせてマーフィスさんの顔を見た。

「何もないですよ」

私が頷《うなず》くとマーフィスさんが隣の部屋に案内してくれた。

扉を開けると、真っ黒な壁《かべ》の部屋にベッドが一つ置いてあるだけにしか見えない。

「何もないでしょう？　ほぼ図書室に入《い》り浸《びた》っていてこの部屋には寝《ね》に来るだけなんです。シジャル様は」

私の知らないシジャル様の話に嬉しくなって笑顔を向けると、マーフィスさんは両手で顔を覆《おお》った。

「お美しい」

何を言っているのか解らず首を傾げていると、マーフィスさんは手を外し笑ってくれた。

「マーフィス、勝手に見せるな」

その時、シジャル様が追いついてきて、慌てたようにドアを閉めてしまった。

「アルティナ様、この部屋に面白《おもしろ》いものはありません」

『シジャル様のお部屋はシンプルですね。私の部屋は沢山物があって子供っぽいかも知れません』

私が書いたメモを見るとシジャル様は驚《おどろ》いた顔をした。

「アルティナ様の部屋は女性らしくて素敵ですよ。子供っぽいなどと思ったことはないです」

「何故《なぜ》、淑女《しゆくじよ》の部屋に入ってるんです？　シジャル様、犯罪ですよ～～！」

マーフィスさんがシジャル様の首をしめ始めたので、私は慌てて止めた。

「危険ですので男性を部屋に入れてはダメですよ！」

私はシュンとしながらメモを書いて手渡す。

『シジャル様はお見舞《みま》いに来て下さっただけです。それに、シジャル様以外の男性は兄と父しか私の部屋に入れたことはありません』

そのメモを見たマーフィスさんとシジャル様が膝から崩れ落ちた。

この家の人のブームか何かだろうか？

「シジャル様、なんなんですか？　この可憐《かれん》な生き物は？」

「本当に」

こそこそと話す二人の向こうから、口に髭《ひげ》をたくわえた熊《くま》のように大きい男性が近づいてくるのが見えた。

「お前ら何をやってる？　客人の前だぞ！」

「親父」

シジャル様が慌てて立ち上がり私を背中に隠《かく》す。

『アルティナと申します。療養のためにお邪魔《じゃま》させていただきました。声を出すことができず筆談で申し訳ございません』

「邪魔《じゃま》だどけ」

「いやいや、邪魔の意味が解らない」

「客人に挨拶《あいさつ》するんだろうが？」

「アルティナ様が怯《おび》えるから三メートル以内に入ってくんな」

シジャル様の砕《くだ》けた言葉使いに父子《おやこ》の仲の良さを感じて私は少し嬉しい気持ちになった。

私がシジャル様の後ろから差し出したメモを受け取ると、お父様はニヤリと笑った。

「いい子じゃないか。このまま嫁《よめ》に来ていいぞ！　シジャル、気張れよ！」

お父様はガハハハハっと豪快《ごうかい》に笑うとシジャル様の背中をバシバシ叩《たた》いた。

「親父、とりあえず黙《だま》れ！」

「シジャル、嫁は大事にしないとな」

「嫁じゃないから」

「はあ？　嫁じゃない女を連れて帰ってこないだろ？」

「だから、アルティナ様は療養しに来たんだ！」

こんなに感情的なシジャル様は見たことがない。

「こんな可愛《かわい》い生き物が嫁なら嬉しいだろ？」

「……そ、そりゃ」

「気張るしかないだろ？」

「……いやいや、本人目の前にして何を言ってるんだ！　黙れ糞《くそ》ジジイ」

お父様のグイグイくる喋《しゃべ》り方はシジャル様のお兄様に似ている。

そう考えるとシジャル様はお母様似なのかもしれない。

そんなことを考えてる間にシジャル様とお父様は殴《なぐ》り合いの喧嘩《けんか》を始めてしまって驚いた。

止めた方がいいんじゃないかとオロオロする私に、いつの間にか隣に立っていたマーフィスさんが笑顔で言った。

「ほっといて大丈夫でございます。いつものことですので」

これがいつものことだなんて……。

私が若干《じゃっかん》引いているうちに、シジャル様が床《ゆか》に倒《たお》されお父様に踏《ふ》みつけられていた。

「客人、おいで、少し話そう」

お父様は私を荷物を担《かつ》ぐように軽々と小脇《こわき》に抱えて走り出す。

早すぎて怖くて両手で顔を覆って目をつぶっている間についた場所は、図書室のような場所だった。

ここがシジャル様が言っていた書庫なのかも知れない。

「俺はここには滅多《めった》に来ないから、あいつが探し出すのに時間がかかるだろう。さて、アルティナ様の家よりシジャルと婚約《こんやく》したいとお話がありましたが、よろしいのでしょうか？」

突然《とつぜん》の丁寧《ていねい》な言葉に驚きながらも私を真剣《しんけん》に見つめるお父様からは、息子への愛を感じた。

私が笑顔で頷くと、お父様は柔《やわ》らかく笑顔を作る。

「あいつは本にしか興味のない男だからつまらないだろ？」

『私も本が大好きですので、シジャル様も大好きです！』

私が真剣に書くとお父様はクックックッと声を押し殺して笑った。

「息子《むすこ》は婚約の話を知らんのか？」

『はい。兄と姉いわく、外堀《そとぼり》を埋《う》めるのだそうです。シジャル様に距離《きょり》を置かれてしまったら、悲しいですし』

「本当にシジャルが好きなんだな」

『はい』

私が自信満々に書くとお父様はガハハハハっと豪快に笑った。

それとほぼ同時にドアが開き、シジャル様が入ってきて私は慌ててメモを隠そうとしたのだが、その前にお父様が魔法《まほう》を使い燃やしてくれた。

Yes!!

「アルティナ様、無事ですか?」

私が頷くとシジャル様は本当に安心したように息を一つ吐いた。

「思ったより早かったな」

「アルティナ様の首にいる俺の使い魔の気配をたどってきた」

「なんだつまらん」

「つまらんじゃない! アルティナ様に迷惑をかけるな!」

いつも丁寧で物腰《ものごし》の柔らかなシジャル様が〝俺〟と言っているのが本当に珍《めずら》しくてなんだか新鮮《しんせん》だ。

私はシジャル様に近づくと服の裾《すそ》を掴《つか》んでお父様に頭を下げた。

「ほら、客人に気を遣わせていいのか? 客人、ゆっくりしていってくれ! 俺のことは本当の父親だと思ってくれていいからな」

私は小さく頷いた。

「親父みたいなのが父親なんてアルティナ様が可哀想《かわいそう》だろ」

「うるさい! 客人にお前の昔話をしてやってもいいんだぞ!」

それを聞くやいなや、シジャル様は私をお姫様抱《ひめさまだ》っこするとその場を走って逃《に》げ出したのだった。

シジャル様に抱えられて屋敷《やしき》の中庭に出ると、そこにはシジャル様のお兄様と美しい女性二人がお茶を飲んでいた。

「……しまった」

シジャル様が小さく呟《つぶや》いたのが解った。

「シジャル！」

直《す》ぐにお兄様に気づかれてしまい逃げることはできないと思ったのか、シジャル様は深いため息をつく。

「まあ！　シジャルが女性を抱えてくるなんて」

「シー君の未来のお嫁《よめ》さんね」

シジャル様は私をチラリと見るとゆっくりと下ろしてくれた。

私は急いで淑女の礼をとった。

「この子！　シジャルの彼女のアルティナちゃん。今、声が出ないらしいぞ」

お兄様の説明に息を呑《の》む美しい女性二人に私はメモを書いて、テーブルに差し出した。

『アルティナと申します。訳あって声が出せませんがよろしくお願いいたします。失礼を承知でお聞きしてもよろしいでしょうか？　お二方はシジャル様のご兄妹《きょうだい》でしょうか？』

そのメモを見た二人は顔を見合わせて笑った。

「私はサジャルの妻のシュリン、こちらはサジャルとシジャル君のお母様よ」

私は失礼にもシジャル様とお母様を交互《こうご》に見てからメモを書いた。

『お若く美しくていらっしゃいますが、お母様なのですか？　どんな魔法をお使いなのでしょうか？』

すると、二人は顔を見合わせて豪快にアッハハハと笑いだした。

「二人とも猫被《ねこかぶ》っていたのが剝《は》がれていますよ」

シジャル様の言葉に、お母様がニヤリと口元を吊《つ》り上げる。

「シー君が連れてきた子がどんな者か見てやろうと思えば、人外な美しさでまだ若いだろ？　いいように騙《だま》されてんじゃないか？　って思ったけど中身天使かよ」

男性のような言葉使いに思わず絶句する私を他所《よそ》に、シュリン様が私に近づきギュッと抱き締《し》めた。

「この子マジ可愛い！　シー君には勿体《もったい》ないから私にチョーダイ」

何を言われているのか解らず、どぎまぎしている私をシジャル様が軽々と取り戻《もど》し抱え直した。

「アルティナ様は姉さんのオモチャじゃありません！」

「つまんない！　シー君のくせに生意気だぞ！」

プンプンと怒ったフリをするシュリン様から私を隠すように背中を向けるシジャル様に、

なんだか可笑《おか》しくなって笑ってしまった。

「シュリンちゃん、からかうのもその辺にしといてやって。え〜とアルティナ様……じゃ長いからアルちゃんって呼ぶね！　私はコイツらの母親のミーナ！　気軽にミーちゃんって呼んでいいから！」

ニシシっと笑うシジャル様のお母様、改めミーちゃん様がなんだか、さっきまでのすました姿より断然美しく見えて、私は驚いてシジャル様の腕《うで》の中でメモを書いた。

『ミーちゃん様は飾《かざ》らない美しさをお持ちのようで憧《あこが》れてしまいます』

そのメモを見たミーちゃん様はパーっと嬉しそうに笑い、シジャル様は信じられないと言いたげな顔をした。

「おいおい、マジ天使だね」

「お袋《ふくろ》が美しい？　……声だけでなく目までおかしくなられたのでは？」

案外シジャル様が失礼で驚いてしまう。

そんな私を見ていたシジャル様の眉《まゆ》が頼《たよ》りなく下がった。

「アルちゃんがシジャルの嫁なら安心！　シジャルは死ぬ気でアルちゃんを幸せにするんだぞ」

「そうよ！　シー君なんて、アルちゃんが側にいるだけで幸せなんだから、馬車馬のように働いてアルちゃんを幸せにしてあげないと」

シュリン様の言葉に私は慌てて首を横に振った。

『馬車馬なんて駄目《だめ》です！　私もシジャル様が側にいるだけで幸せですから、それだけで充分《じゆうぶん》ですわ』

私のメモを見たミーちゃん様達はフーっと生暖かな息を吐いた。

意味が解らずシジャル様を見れば、俯《うつむ》いた顔が真っ赤に染まっていた。

何があったのか解らずシジャル様の額に手を当てて熱がないか確かめると、あまりの熱さに心配になった。

『シジャル様、大丈夫ですか？』

「……気になさらないで下さい。むしろ、こっちを見ないで下さい」

何故か拒絶《きよぜつ》され、ミーちゃん様達の方を見ると、これ以上ない不満顔をしていた。

「『「へ・タ・レ」』」

しかも、三人揃《そろ》って謎《なぞ》の呪文《じゆもん》を唱えている。

「とにかく！　アルティナ様は療養に来ているんだから、あんたらは余計なことしてアルティナ様の負担にならないよう、もう構うな！」

シジャル様はそれだけ叫《さけ》ぶと、私を抱え上げて、また走り出した。

「あんな母親で驚いたでしょう。辺境伯の妻というのは、あれくらい豪快でないとつとまらないのですよ。許して下さいね」

もしかしたら、シジャル様の城での穏《おだ》やかな空気は家族から離《はな》れた安堵《あんど》からきているのかも知れないと漠然《ばくぜん》と思いながら、私はたくましい胸にキュッとしがみつくのだった。


シジャル様のご家族との顔合わせは恙無《つつがな》く（?）終わり夕食をご一緒させていただいたのだが、シジャル様はそれはお疲《つか》れのようだった。

夕食が終わり部屋に戻ると、私の部屋付きになったという四十歳《さい》くらいのメイドさんが備え付けのお風呂《ふろ》を用意してくれていた。

言われるがままお風呂を使わせてもらい、髪をタオルで巻いて寝間着に着替《きが》えてお風呂場を出るとメイドさんはニコニコしながら髪《かみ》の毛をふくのを手伝ってくれた。

「さあ、坊《ぼ》っちゃんのところへ行きますか」

何を言われているのか解らずメイドさんを見たがニコニコされるだけだった。

たまらず、私がメモとペンを摑んだのと私の手をメイドさんが摑んだのが同時。

「さあ、行きますよ」

メモとペンは摑めたが、メイドさんに流れるような動きで部屋から出されてシジャル様の部屋の前に連れて来られてしまった。

コンコンコン。

躊躇《ためら》いのないノック音が響《ひび》き、部屋の中からシジャル様の声がした。

「誰《だれ》だ？」

「マーサです。お客様のことでちょっと……」

「どうした！」

直ぐに開いたドアから現れたのは、上半身裸《はだか》にタオルを下げただけの、お風呂あがり丸解りのシジャル様だった。

見てはいけない！

私は慌てて目をつぶった。

「お客様の髪は長くて乾《かわ》かすのが大変ですので、坊っちゃんが魔法で乾かしてあげて下さい」

そう言ったメイドさんに軽く突《つ》き飛ばされ、私はそのままシジャル様の腕の中に……。

「えっ!?　おいマーサ」

「坊っちゃん、マーサは坊っちゃんの味方です！　ではではごゆっくり」

ドアの閉まる音が部屋に響いた。

「も、申し訳ございませんアルティナ様」

私は目をつぶったまま小刻みに首を横に振った。

「あ、あの、とりあえず……髪を乾かしましょうか？」

そう言って運んでくれたのは、たぶんベッドだった。

目をつぶっているから定《さだ》かではないが、シジャル様の部屋にはベッドしかなかったから間違《まちが》いないと思う。

「では、失礼します」

そう言ってから、シジャル様は私の髪を撫でるように櫛《くし》を滑《すべ》らせる。

緊張《きんちょう》で手が震《ふる》える。

シジャル様が髪を撫でると、温かい風がふんわりと流れ、どんどん髪が乾いていく。

「うちのメイドがすみません」

私は首を横に振ることしかできなかった。

「でも、アルティナ様の髪に触《ふ》れられるのは役得というやつですね」

私の髪にそんなことを言ってもらえる価値があるのだろうか？

私はゆっくりと目を開けた。

やはりベッドに座《すわ》らされている。

背後にあるシジャル様の気配がなんだか嬉しい。

「こんな状況《じょうきょう》をユーエン様に知られたら自分は殺されてしまいますね」

シジャル様はそう言いながら私の髪を撫でる。

兄には知られたくない。

私は手に持っていたメモにペンを走らせた。

『シジャル様に髪を乾かしてもらえるなんて幸せです。兄だって許してくれます』

そのメモを背中に回して見せるとシジャル様は少しの沈黙《ちんもく》の後、静かに言った。

「アルティナ様は解っていませんね。自分の方が断然幸せですよ」

『そんなことありません！　シジャル様に大事にしてもらって、お姫様気分にさせていただいています』

「本当に解ってない」

シジャル様はゆっくりと私の頭から手を離した。

「乾きましたよ」

『ありがとうございます』

振り返れば、シジャル様は困ったような顔をしていた。

私が首を傾げると、シジャル様はハーっと息を吐いた。

「アルティナ様は無防備すぎます。何かされたらどうするんですか？」

シジャル様が私に何をするっていうんだろうか？

むしろ、無防備な格好をしているのはシジャル様の方だ。

普段《ふだん》、服で隠れて見えないが、腕だって太くて筋肉質で腹筋も割れている。

男性的な体つきは本で読んで想像したものとは違《ちが》うし、兄とも違う。

美しいと思うのはおかしいことだろうか？

「男の部屋にそんな薄着《うすぎ》で来るのは感心しません」

『シジャル様に薄着と言われるのは違うと思います』

シジャル様は己《おのれ》の姿に今さら気づいたようで、ベッドに置いていたらしい上着を羽織ってボタンをとめ始めた。

「お見苦しいものをお見せしました」

『そんなことありません。シジャル様は美しいです』

暫《しばら》くの沈黙の後、シジャル様はポツリと言った。

「アルティナ様は本当に罪作りです」

その後、シジャル様に部屋まで送っていただいた。

「必ず鍵《かぎ》をかけて下さいね」

それだけ言い残してシジャル様は部屋に戻っていった。

私は言われた通りに部屋の戸締《とじ》まりを確認してからベッドに潜《もぐ》り込んだ。

だが、寝れる気がしない。

シジャル様の美しい身体《からだ》を思い出してしまうからだ。

こんなことを考えているなんて知られたら嫌《きら》われてしまう。

私は布団《ふとん》を頭まで被ると悶々《もんもん》とした夜を迎《むか》えたのだった。

翌朝、アクビを堪《こら》えながら起き上がり身支度《みじたく》を整えていると昨日のマーサさんが起こしに来てくれた。

「まあまあ！　早起きなんですね！」

もうすでに着替えも終わっていたので、朝食をとるために食堂に連れていってもらった。

食堂にはまだ誰もいなくて、隣接《りんせつ》したキッチンから料理人らしき人が食事を運んでいる。

興味深く見ているとなんだか挙動不審《ふしん》になってキョロキョロしだす人もいる。邪魔をしてしまっているのかも知れないと思っていると、マーサさんがため息をついた。

「お客様が美しいからといって集中を切らすなんてプロ失格ですよ！」

私は驚いて食堂から出ようとした。

すると、マーサさんはニコニコと笑って引き止める。

「お客様は坊っちゃんの大事なお方なのですから、胸をはっていれば良いのです」

シジャル様の大事な人！

私は嬉しくなって思わずニヤニヤしてしまった。

「「「うぉぉ！　天使！」」」

キッチンの方から何やら叫び声が聞こえたような気がしたが何事だろうか？　なんだか怖い。

「おはようございます、アルティナ様」

そこに現れたのはシジャル様だった。

私はちょっぴりおどけたようにドレスをつまんで淑女《しゅくじょ》の礼をした。

なんだか嬉しくなって笑顔を向けると、シジャル様も柔らかく笑ってくれた。

「坊っちゃんからも言ってやって下さい。コック達がたるんでるんですよ！」

「マーサ、自分は昨晩《ゆうべ》のマーサの方が問題ありだと思っているよ」

マーサさんはキョトンとした顔をした後、不思議そうに言った。

「坊っちゃんはヘタレなのでお客様に無体な真似《まね》はできませんでしょ？　何も問題ございません」

シジャル様が唖然《あぜん》とするなか私はマーサさんにメモを渡した。

『皆様がたまにお使いになる〝ヘタレ〟とはどんな意味ですか？』

私のメモを見たマーサさんはにっこりと笑った。

「度胸がない、頼《たよ》りないという意味です」

『シジャル様は頼りがいのある方ですわ。私はいつも頼ってばかりです』

私のメモを見たマーサさんはクスクスと笑った。

「そういった度胸はありますが、女性に手を出すような甲斐性《かいしょう》はないのです」

その言葉に私は絶句した。

それは、甲斐性というのか？

『紳士的《しんしてき》と言うのでは？』

私のメモを見るとマーサさんはフーっと息を吐いた。

「マーサ。アルティナ様に変なことを吹き込むな」

「坊っちゃん、もっと頑張《がんば》って下さいませ」

マーサさんはフンッと鼻を鳴らすとスタスタとキッチンに消えていった。

「なんだかすみません」

シジャル様は申し訳なさそうに呟いた。

『シジャル様はとても素敵《すてき》な方だと知ってますので大丈夫ですわ』

メモを書いて渡せば、シジャル様は困ったような顔をした。

「自分だって男ですので、少しは警戒《けいかい》して下さい」

私は暫く考えてから書いた。

『シジャル様も、私をただの小娘《こむすめ》だと思って油断しないで下さい。昨日のような無防備な格好をしていたら腹筋に触《さわ》ってしまいますよ！』

どうだ、と言わんばかりに書いたのにシジャル様はキョトンとした顔だ。

「腹筋ですか？　アルティナ様が触りたいのであればいくらでもどうぞ」

シジャル様の言葉に私は顔が熱くなるのが解った。

『シジャル様は破廉恥《はれんち》です』

私がそう書けばシジャル様は慌てたようだった。

「えっ？　あの、えっ？　すみません」

私は口を尖《とが》らせて拗《す》ねてみせた。

シジャル様は何が破廉恥だったのかが解らないようでオロオロしていたが、他のご家族方も集まってきたので朝食の席についたのだった。


朝食が終わり、シジャル様に案内されて向かったのは屋敷の裏に広がる森だった。

「この森には沢山の魔物《まもの》がいます」

その言葉にビクッと肩《かた》が跳《は》ねてしまった私を見て、シジャル様は優しく笑うとつづけた。

「話から推測するにアルティナ様を襲《おそ》ったのはスライムの上位種だと思われます。スライムは魔物の中でも弱い魔物ですので、自分がいれば危険ではありません」

『あれが弱い魔物なのですか？　ぬるぬるしていて気持ち悪いものでした』

私のメモを見るとシジャル様はニコッと笑った。

「種類にもよりますが比較的《ひかくてき》弱い魔物です。ドラゴンとかになると苦戦しますので逃げましょう」

ドラゴンに会うかも知れないという事実に震え上がる私を他所《よそ》に、シジャル様は手を引いて森の中に入っていく。

怖くて足が震《ふる》える私に気がついたシジャル様が私の方を向いた時、シジャル様の背後に白銀の毛並みに青と緑を混ぜたような瞳の狼《おおかみ》が現れ、意識が遠退《とおの》きかけた。馬車のように大きい。

「アルティナ様」

シジャル様が倒れそうになる私をギュッと抱き締めてくれたことで意識は浮上《ふじょう》したが、後ろに大きな狼がいることに代わりはない。

私は腕の中でもがき、後ろを向くようにシジャル様に促《うなが》した。

振り返ったシジャル様は狼を見ると深い息を吐く。

「突然出てくるな」

シジャル様の言葉に狼は大人しくお座りをすると、喋りだした。

「旦那の気配がしたので馳《は》せ参《さん》じましたが……デートですかい?」

喋るんだ。

私が驚いているとシジャル様がゆっくりと教えてくれた。

「これは、フェンリルという魔物です。この森の中では一、二を争う強い魔物です」

そんな強い魔物がシジャル様に親しげに話しかけているのはどういうことだ？

首を傾げると、フェンリルという魔物は私に顔を近づけて言った。

「フェンリルのリルといいます。旦那の番《つが》いですかい？」

クンクンと臭《にお》いを嗅《か》がれ、震える私を安心させるようにシジャル様は背中を撫で、空いている方の手でフェンリルの鼻をグーで殴った。

キャインっと高い声で鳴くフェンリルに、シジャル様は口元をヒクヒクさせながら言った。

「アルティナ様の臭いを嗅ぐな」

「旦那〜〜酷《ひど》いっすよ。野性の獣《けもの》は鼻が命なんすからね」

鼻が命！

この魔物は今、命を殴られてしまったの？

私は慌ててフェンリルの鼻に手を伸《の》ばして撫でた。

しっとりと湿《しめ》った鼻をいたわるように撫でていると、手をベロリと舐《な》められ驚いた。

「旦那の番いじゃなかったら連れて帰ったのに」

フェンリルの瞳がキラリと光った気がした。

「アルティナ様、心配いりません。コイツに連れ去られたら自分が秒で迎えに行きますので御安心下さい。そして、二度と同じ過《あやま》ちをおかさぬよう種族皆殺しに……」

「旦那、皆殺しとか言ったら番いに引かれちまいますぜ！」

焦《あせ》ったような言葉に、シジャル様はニコニコしながら言い直した。

「皆半殺しにしますので、大丈夫ですよ」

あまり変わっていないが、助けに来てくれるってことは解《わか》った。

あと、私にとっては、いまだにシジャル様に抱き締められていることの方が大問題で、ドキドキが止まらない。

メモを書きたいが手も足も出ない状況である。

ドキドキのせいで冷静な判断ができずにいると、私の首に巻きついていたシャルロがシジャル様の手をパシパシと尻尾《しっぽ》で叩いた。

お陰《かげ》で気がついてくれたのか、シジャル様が慌てたように離れてくれて、私は安堵の息をついた。

お礼の意味を込めて首元を撫でてあげれば、シャルロはピューーッと可愛く鳴いた。

「旦那の使い魔いいな～オラッチも撫で撫でされたい」

モフモフの大きな狼が期待を込めた瞳を向けてくる。

私が手を伸ばすと堪《こら》えきれないように尻尾をブンブンと振り、驚いて手を引っ込めるとその尻尾がシュンと動かなくなる様はなんとも可愛らしかった。

「アルティナ様はスライムに襲われてから魔物が怖いんだ！　無理をさせるな！」

「スライム？　この番いはそんなにか弱いんすか？」

「普通《ふつう》、女性はか弱い」

「人の雌《めす》は容赦《ようしゃ》ない化け物では？」

「それはうちにいるごく一部の化け物だけであって、普通の女性は儚《はかな》くか弱い」

「知らんかったす……怖がらせちゃってすんません」

そう言ってシュンと耳を垂らすフェンリルは可愛くて、私はフェンリルの首元に手を滑り込ませるようにして撫でてみた。

「フワワ、それ気持ちいいっす！　もっともっと」

そう言って私に顔を寄せてくるフェンリルは本当に可愛かった。

「リル、調子にのってると、鼻の穴に腕突っ込んで奥歯《おくば》をガタガタ言わせるぞ」

「ヒッ……旦那、雄《おす》の嫉妬《しっと》は見苦しいっす」

「嫉妬じゃない。精霊《せいれい》の洞窟《どうくつ》まで行くんだ、時間がおしい」

シジャル様の言葉に、フェンリルはいいことを思いついたというように口を開いた。

「なら、オラッチがそこまで運ぶっす！　背中に乗ってくれっす」

フェンリルはそう言うと伏《ふ》せをした。

シジャル様は私をチラッと見ると言った。

「リルには鞍《くら》などないので乗り心地《ごこち》は保証できません。安全性を考慮《こうりょ》すると、自分が後ろからアルティナ様を支えるのがベストだと思いますが……どうしますか？」

シジャル様が支えてくれるのであれば、ふわふわのフェンリルに乗ってみたいと思った。

私がメモに『乗ってみたい』と書いて見せると、シジャル様はフェンリルの背中に乗り私を後ろから抱えるようにして座らせた。

シジャル様は私の前にある鬣《たてがみ》を掴んでいるため、抱き締められているみたいでドキドキが止まらない。

「じゃあ、行くっすよ」

掛《か》け声《ごえ》とともに動き出したフェンリルはゆっくりと安全に、そして、確実に森の奥に進んでいったのだった。

フェンリルの背中を楽しむなんて無理だった。

背中にシジャル様の体温を感じるうえに、ちょっと揺《ゆ》れると腰《こし》に片手を巻きつけられ落ちないように支えてくれる。

密着する部分が多すぎて集中できない。

「……ですから、スライムなんてのはですね？　番《つが》い？　聞いてますかい？」

「リル、お前、黙《だま》ってられないのか？」

「番いが退屈《たいくつ》しないようにじゃないですか。反応薄《うす》いっすよ！」

「アルティナ様はスライムのせいで声を失われている。多くを求めるんじゃない」

「!!　大変じゃないっすか！　それじゃ精霊《せいれい》に治し方聞くんすね！　急ぐっす！」

「おい、馬鹿《ばか》！　ゆっくり、ゆっくりだ！」

途中《とちゅう》、言うことを聞かなくなってスピードを上げるフェンリルを止められず、シジャル様が私をしっかりと抱き締《だし》めてくれたりして、ドキドキで死んでしまいそうだと思った。

漸《ようや》くついた場所は空気からして綺麗《きれい》で、神聖な場所に来たと肌《はだ》で感じられるようだった。周りは全てが若葉でできているようであり、朝露《あさつゆ》がついているようでもありなんとも言えない神秘の力を感じる気がする場所である。その中心にポッカリと空いた横穴は、入ってはいけないいようなオーラを放っていた。

「では、オラッチはこの先行ったら浄化《じょうか》されちゃいそうなんで帰りやす。番い！　声出るようになったらリル～って呼んで下さいっすよ！　じゃ！」

フェンリルは私のほっぺをペロリと舐《な》めると去っていった。

「アイツ、後で舌引っこ抜《ぬ》く……」

シジャル様が何かをポツリと呟《つぶや》いていたがよく聞こえなかった。

首を傾《かし》げると、シジャル様はニコッと笑った。

「では行きましょうか？」

私が頷《うなず》くと、シジャル様は私の手を引いて洞窟《どうくつ》の中に向かって歩き出した。

暗い洞窟に恐怖《きょうふ》を感じる私を落ち着かせるように、シジャル様は手にハンカチをのせると魔力《まりょく》を込めた。

すると、ハンカチは光る蝶々《ちょうちょう》に姿を変えてヒラヒラと洞窟の中を照らし出した。

光る蝶々の美しさに誘《さそ》われるように後をついていくと、薄い緑色に光る苔《こけ》に覆《おお》われた場所に出た。

「光苔です。綺麗ですよね」

私が頷くとシジャル様は柔《やわ》らかく笑ってくれた。

そして、次の開けた場所はピンク色に光る湖のような場所だった。

私はあまりに美しい光景にシジャル様の上着の裾《すそ》を握《にぎ》り締めてピョンピョン跳《は》ねてはしゃいでしまった。

そんな私を優《やさ》しく見つめるシジャル様に気づいて、少し恥《は》ずかしくなる。

「シジャル、顔が緩《ゆる》んでる〜！」

突然《とつぜん》声をかけられ驚《おどろ》いて周りを見れば、ピンクの湖の中に掌《てのひら》サイズの女の子が顔を出していた。

驚いてシジャル様を見てから女の子の方を向くと、すでに姿はなくなっていた。

「どうかしましたか？」

私の反応に首を傾げるシジャル様。

シジャル様には見えなかったのだろうか？

「そろそろ精霊達も集まってくると思いますよ。精霊達はキラキラ光る虫みたいで綺麗なんです。ぜひ貴女《あなた》に見せたかったんです」

そう説明してくれている間にも、黄色い光を発しながら飛ぶ小さな女の子がシジャル様の頭の上に座《すわ》った。

「私達を虫だと思ってるの？　だからデリカシーのない男は嫌《いや》なのよ！」

可愛《かわい》らしい女の子がシジャル様の頭の上でくつろいでいる。

見つめていると女の子は私を見て言った。

「あら、私のこと可愛らしいって言ってくれた？　私、可愛く見えてる？」

女の子は私の目の前にヒラヒラと下りてきた。

よくよく見ればトンボの羽根のようなものが背中から生えていて羽ばたいている。

「ああアルティナ様、これが下級の精霊ですよ。下級の精霊は光の玉のようですが、上級の精霊は人のように見えるんですよ」

シジャル様にはどうやら人の形には見えていないことが解った。

「下級とか言って！　アンタが下級だから私がちゃんと見えないんでしょ！　バーカバーカ」

女の子はシジャル様の周りを飛び回りながら悪口を言っているが、シジャル様には聞こえていないようだ。

口が悪いと可愛さが半減してしまうからやめた方がいいんじゃないだろうか？

口に出さずとも解るのか、女の子は私の方を見ると口を尖《とが》らせた。

「何よ！」

私が苦笑いを浮《う》かべると女の子は私のところまで飛んできて首を撫《な》でた。

「貴女《あなた》、呪《のろ》われてるの？」


女の子の言葉に私は驚いた。

呪われてる？

どういうこと？

「貴女の声が一生、出なければいいって思ってるやつに襲《おそ》われたでしょ？」

女の子の言葉に、私はただただ絶句することしかできなかったのだった。


私が絶句しているとシジャル様の目の前に大きな精霊が現れた。真っ白な雪をまとい透《す》き通《とお》りそうに美しい女性である。

その瞬間《しゅんかん》、私の首を撫でていた小さな女の子は消えてしまった。

もっと話を聞きたかったが仕方がない。

私は新たに現れた美しい人を見た。

見ただけで解る上級精霊様だ。

美しい精霊様にシジャル様が笑いかけるのを見て、私の胸がズキリときしんだ。

「シジャルか」

「ウィーザ、久しぶりだな。今日は相談したいことがあって」

シジャル様はにこやかに笑い私に手招きをした。

ゆっくり近づくと、精霊様が私の方に手を伸ばした。

どきどきしながら近づくと、手を握られた。

「落ち着く」

なんだか解らず首を傾げると、シジャル様は精霊様の手をパシリと叩《はた》き落とした。

「無闇《むやみ》に触《さわ》るな」

「彼女は愛《いと》し子《ご》だろ？」

「愛し子？」

「我々のような人外のものが側に寄ると癒《いや》しをあたえられる性質を持つ者のことだ。知ってて連れてきたんじゃないのか？」

私に触ろうとする精霊様から庇《かば》うようにシジャル様が前に立った。

「ウィーザ、今日来たのは彼女の声のことで相談したかっただけだ」

「声？　ああ、首に巻きついている呪いのことか」

「呪い!?」

精霊様はシジャル様を押《お》し退《の》けると私の首元をしげしげと見つめた。

「粘着質《ねんちゃくしつ》な呪いだな。解《と》いてやっても良いぞ」

「本当か？」

「ああ、その代わり愛し子よ。私の嫁《よめ》に来い」

「却下《きゃっか》だ！」

シジャル様は慌《あわ》てて手を広げて立ちはだかった。

「シジャル、邪魔《じゃま》だぞ」

「煩《うるさ》い。アルティナ様は無事に家に帰すとご家族と約束しているんだ」

精霊様はフンと鼻を鳴らした。

「愛し子よ。私とシジャルのどちらを選ぶ？　私ならお前の望むもの全てを差し出してやるぞ」

精霊様の言葉に私はシジャル様の背中にしがみついた。

「なんだつまらん。愛し子はシジャルがいいのか？　私の方が美しいだろうに？」

よくよく見れば、精霊様の胸は平らで女性ではなさそうだと気がついた。

「声を出したいのだろう？」

精霊様はシジャル様を押し退けて、私の髪《かみ》の毛を一束掴《つか》むとそれにキスを落とした。

絵になる光景に目をパチパチしていると精霊様は優しげに笑った。

「私を選びなさい」

そんなことができるはずがない。精霊様は美しいが、私がお嫁に行きたいのはシジャル様だけなのだ。

精霊様はフンとまた鼻を鳴らした。

「愛し子は趣味《しゅみ》が悪いとみえる」

私が首を傾げると、精霊様はニヤリと口元を吊《つ》り上げた。

「少しでも触《ふ》れていれば、何を考えているのかぐらい解る」

……ということは、私がシジャル様を好きで好きで愛しくて仕方がないということがバレてしまっているってこと？

「そこまでだとは知らなかった」

私は顔を両手で覆うと踞《うずくま》った。

「ウィーザ！　アルティナ様に何をした！　それ以上触るな！」

「心が狭《せま》いな。シジャルよ、愛し子は趣味が悪い。良かったな」

「何がだ！　意味が解らん」

シジャル様は呆《あき》れたようなため息をつくと言った。

「とにかく、アルティナ様の声を治せるなら治してくれ」

精霊様は遠くを見つめてからニヤリと笑った。

「いいだろう！　愛し子の呪いを解く手伝いくらいはしてやろう！」

精霊様はそう言うと私の首元に手をかざし、聞き取れないような呪文《じゅもん》を唱えた。

すると、精霊様の手から青い光が出て私の首元に当たる。

ひんやりとした光が私の首に吸《す》い込まれていった。

「ウィーザ！　ありがとう！　さすが俺の親友！　アルティナ様、どうです？」

シジャル様が嬉《うれ》しそうに私の手を掴んだが、私の口から声が出ることはなかった。

「誰《だれ》が治すと言った？　手伝いだけと言っただろ？」

「はあ？」

シジャル様の間抜《まぬ》けな声が洞窟に響《ひび》く。

「私の嫁になるなら治したが、愛し子は私の嫁は嫌だと言う。ならば、愛し子が嫁に行きたい相手との口づけで呪いが解けるように呪いをいじってやった。愛し子よ、今からでも遅《おそ》くないぞ。私の嫁に来るか？」

精霊様の最後の方の言葉は私には届いていなかった。

だって、私が声を取り戻すには、私がお嫁に行きたい人と口づけをしないといけないというのだ。

要するに、シジャル様とキスしないといけない……

その言葉を理解した瞬間、私は意識を飛ばしその場に倒れた。
だってそうでしょう?
呪いを解きに来て、新たな呪いを授かってしまったのだから……。

告白

目を覚ますと、私はベッドに寝《ね》かされていた。

横を向けば、シジャル様が椅子《いす》に座《すわ》り本を読んでいるのが見えた。

私はなんでベッドにいるのだろう？

起きていなかった頭が覚醒《かくせい》して私は飛び起きた。

横にいたシジャル様が驚《おどろ》いているのが解《わか》る。

「アルティナ様、大丈夫《だいじょうぶ》ですか？」

シジャル様が心配そうに声をかけてきた。

「アルティナ様は……精霊《せいれい》の洞窟《どうくつ》で倒《たお》れられて、その後、シャルロに乗って帰ってきたのです……覚えてらっしゃいますか？」

シジャル様の言葉に私は眩暈《めまい》を覚えた。

覚えている。

忘れていたかったが、覚えている。

そう、私はシジャル様とキスしないといけないのだ。

………でも、待って。

よくよく考えてみれば、大好きなシジャル様とキスができるということなんじゃ………だめだめだめ、シジャル様になんて言ってキスしてもらえばいいの？

シジャル様、キスして………

て、言えるか〜〜！

私はそのまま頭まで布団《ふとん》を被《かぶ》り倒れ込んだ。

「アルティナ様！」

シジャル様の心配そうな声に、目元だけ出してみた。

「ウィーザが本当にすみませんでした。友人だからと油断してしまいました」

私が首を横に振《ふ》るもシジャル様は見ていないようで話し続けた。

「自分が……自分が！　絶対にアルティナ様の想《おも》い人《びと》との仲を取り持ってみせます！」

シジャル様は決意したようにそう言った。

シジャル様は全然解っていない。

私は思わず枕《まくら》を摑《つか》むとシジャル様に向かって投げた。

私の投げた枕を顔面で受けると、シジャル様は困ったような顔をした。

「アルティナ様が怒るのも仕方がありません……ですが、アルティナ様は本当に美しく素《す》敵《てき》な女性です！　アルティナ様が好きだと言って拒否《きょひ》する男など存在しません！　大丈夫です……自分が協力します」

シジャル様の言葉に、私の目から涙《なみだ》が溢《あふ》れた。

だって、私はシジャル様の眼中にないってことじゃないか！

私が好きなのはシジャル様なのに。

シジャル様はオロオロしながらポケットからハンカチを出して私の涙をふいてくれた。

その時、私の頭に浮《う》かんだのは義理の兄であるベスタンス様の誘惑《ゆうわく》資料の一ページだった。

私はシジャル様の胸《むな》ぐらを掴み引き寄せた。

唇《くちびる》を奪《うば》う！

えいっ！

だが、シジャル様の唇には到達《とうたつ》することはなく、あえなく肩《かた》を掴まれ阻《はば》まれた。

「アルティナ様？」

伝わらない。

私の気持ちは全然伝わらない。

「アルティナ様……そんなに可愛らしい顔ばかり見せないで下さい。先程《さきほど》言ったようにアルティナ様は美しく素敵な女性なのです。どんな男も恋《こい》せずにはいられない。自分も例外ではありません」

それは、私を好きになってくれるということ？

私はシジャル様の手をしっかりと握《にぎ》ると声の出ない口を動かした。

シジャル様が好き。

シジャル様が首を傾《かし》げた。

まだ伝わらない。

私はゆっくりと口を動かした。

好き。

「あの、紙とペンをお持ちしますね。このままでは自分に都合のいい解釈《かいしゃく》をしてしまいそうなので」

シジャル様が慌《あわ》てて私の手から逃《のが》れようとするのを更《さら》に手に力を込めて防ぐ。

「アルティナ様？」

私は覚悟《かくご》を決めた。

私はシジャル様に気持ちが伝わるように口を動かした。

キスして下さい。

その瞬間《しゅんかん》。

シジャル様が顔を真っ赤に染めて口をパクパクと動かした。

まるで、声の出ない私のように。

シジャル様は暫く声を出せずにいたが、やがてゆっくりと私の名を呼んだ。

「アルティナ様」

私が頷《うなず》くと、シジャル様は絞《しぼ》り出すように小さな声で言った。

「アルティナ様が好きなのは……俺なんですか？」

その質問には自信がある。

私は大きく頷いた。

シジャル様は更に顔を赤く染め上げた。

「今、そんなことを言えばどうなるか……貴女《あなた》は解っているのですか？」

私が頷くとシジャル様がそっと私の頬《ほお》に手を伸《の》ばした。

「ご存知かも知れませんが、俺も貴女が好きです。いや、愛しています」

そう言ってシジャル様の顔が近づく。

シジャル様が私を好き？

理解する前に綺麗《きれい》な顔が目の前に！

その時、私とシジャル様の間にスッと何かが割り込んだ。

「ウギャ〜〜！」

その後、悲鳴とともにシジャル様の顔が離《はな》れていった。

何が起きたのか解らずシジャル様を見れば、高い鼻にシャルロが噛《か》みついていたのだ。

「いでででででで！」

シジャル様の悲鳴に執事《しつじ》やマーサさんが駆《か》けつけて、シャルロを引き離そうと奮闘《ふんとう》していた。

その騒動《そうどう》のせいで私の告白もシジャル様の告白もなんだかうやむやになってしまったのだった。

＊ ✦＊ ✦ ＊

あの日からシャルロは常に私の側にいて、シジャル様が私に近づくとグルググググっと威嚇《いかく》するようになった。

心配したマーサさんが側についていてくれたこともあり、シジャル様と二人きりになることもなかった。

でも、シジャル様が私を好きだと言ってくれたことは忘れていない。

愛しているとまで言ってくれた。

私は一人満ち足りた気持ちになっていた。

「シャルロ、自分はアルティナ様をいじめていたわけではないのです」

「グルググググググ」

「信じて下さい」

シャルロは口をガバッと開けて更にシジャル様を威嚇《いかく》する。

「シャルロ～アルティナ様と少しだけお話をさせて下さい～」

「グルグルグルグルグル！」

こんな会話を毎日、シジャル様とシャルロは繰《く》り返《かえ》していた。

＊✦＊✦＊

旅の間に私の声は戻《もど》ることはなかったが、シジャル様と気持ちを交《か》わすことができて私は満足して王都の家に帰ってきた。

シャルロの背中に乗り帰ってくる間も、シジャル様が私に話しかけようとするとシャルロが大きな首を回してグルググググっと威嚇してくるのでほとんど話もできなかった。

家につくとシャルロは今では定位置となった私の首に巻きつき、荷物を抱《かか》えるシジャル様を威嚇した。

「お帰りアルティナ」

そうこうしているうちに兄が出迎《でむか》えてくれ、私は兄にしがみつくように抱《だ》きついた。

「アルティナ？」

兄がシジャル様を睨《にら》み付《つ》けたのが解り、私は慌てて首を横に振った。

「ユーエン様にお話ししたいことがございます」

そんな私達を見ていたシジャル様が決心したように一歩前に出たのを見て、兄は私に視線を移した。

「アルティナがどんなふうに過ごしていたかも聞きたい。立ち話もなんだ、中で話そう」

案内された応接室で兄は私を横に座らせ、シジャル様を向かいの席に座るように促《うなが》した。

「で、話とは？」

「まず、謝《あやま》らなければいけないことがあります」

シジャル様の一言に一気に冷たい目になる兄の腕《うで》にしがみつき、私は優《やさ》しく笑顔《えがお》を作った。

「……ひとまず聞こう」

兄の反応にシジャル様は頭を一度下げてから、ご実家の話と精霊の洞窟での話をした。

精霊の呪いについての話が終わるとシジャル様が深々と頭を下げ、兄が小さくガッツポーズをしたのが見えた。

「このような事態になるとは思わず、アルティナ様にご迷惑《めいわく》をおかけしてしまい申し訳ございません」

「……そうか。だが、むしろ声を出すことができると解ったことを感謝させてくれ」

兄は胡散臭《うさんくさ》い笑顔を作った。

「……いえ、ここからが本題なのですが……ユーエン様からしたらこれは裏切りだと思われても仕方がないことなのですが…………自分は、アルティナ様を愛しています。司書長として信用していただいていたのに、こんな気持ちを抱くのは間違《まちが》いだと解っています……ですが、もうアルティナ様への気持ちに嘘《うそ》をつくことができないのです」

シジャル様は真剣《しんけん》に私への愛の言葉を吐露《とろ》した。

「ユーエン様に嘘をつくことはできません。自分にアルティナ様を幸せにする権利をいただけないでしょうか？」

兄は口元をヒクヒクさせていた。

シジャル様から見れば兄が怒っているように見えるかも知れないが、たぶん笑いを堪《こら》えているのだと私には解る。

シジャル様の顔色がどんどん青くなっていくのが見てとれた。

兄は口元に拳《こぶし》を当て一つ咳払《せきばら》いをするとシジャル様に真剣に返した。

「司書長殿の気持ちは解った。では、アルティナとの婚姻《こんいん》を進めるということでいいんだな！」

兄の言葉にシジャル様はかなり驚いた顔をした。

「ユーエン様、先程の話は自分の勝手な気持ちを言ったまで。早々と婚姻を決めてしまうのはいかがなものでしょうか？」

「では、アルティナと結婚《けっこん》するつもりはないというのか！」

「滅相《めっそう》もない！　ですが、それは自分が幸せになるだけで、自分が相手でアルティナ様が幸せになれるのか疑問です！　年齢《ねんれい》から言っても自分は大分年上ですし」

兄は呆《あき》れた顔をした。

「アルティナの幸せのためなら結婚せず身を引くというのか？」

「アルティナ様の幸せが一番大事ですので」

真剣なシジャル様の顔に私がドキドキしていると、兄がため息をついた。

「司書長殿、貴方《あなた》にはアルティナを妻に迎《むか》えてもらう。これは決定事項《じこう》だ。異論は認めん」

兄の強気な発言にシジャル様が驚いている。

「アルティナ、お前もそれでいいな！」

私が強く頷くと、兄は柔《やわ》らかく笑い頭を撫《な》でてくれた。

「司書長殿……言っておくがな、貴方とアルティナの婚約《こんやく》は昨日のうちに結ばれている。ご両親からの許可ももらい早々に城に婚約申請書を提出し受理された。逃《に》げられると思うなよ」

「へ？」

シジャル様の間の抜《ぬ》けた声が部屋に響《ひび》いた。

「ご両親から聞いていないのか？　ずいぶん前からアルティナと婚約してほしいと書簡を送らせていただいていた。その返事が来たというだけのこと。司書長殿のことは僕も信頼《しんらい》しているし、何よりアルティナが司書長殿がいいと言っている。よってアルティナを一生かけて幸せにしてもらうことにした」

兄が楽しそうに笑ってみせるとシジャル様は座っているソファーの背もたれにゆっくりと背中を預けた。

「ユーエン様に殺される覚悟でした」

「僕はそんなことはしない。で？　何時《いつ》アルティナの声を戻してくれるのかな？」

兄の言葉に私とシジャル様の顔が一気に赤く染まった。

「……アルティナの声が戻るのは嬉《うれ》しいが、司書長殿とそういうことをしたのだと解るのは兄として複雑な気持ちではあるがな」

兄よ！　なんてことを言うんだ！

そんなことを言われたら恥《は》ずかしくてできなくなるじゃないか！

「まさか、もう声が出るんじゃないよな？」

私は慌てて首を横に振った。

「そうか。司書長殿がそこまで手が早いわけないか……まあ、二人のタイミングでいいだろう」

シャルロに邪魔《じゃま》されただけで、一度チャンスがありました！　とは言えない雰囲気《ふんいき》を漂《ただよ》わせて、兄は笑った。

シジャル様もなんだかぎこちなく笑っていた。

こうして、私とシジャル様の婚約は無事家族からの了承《りょうしょう》も受け、恙無《つつがな》く進んだのだが、声を出すための手段であるキスはタイミングを逃したまま、できなくなってしまったのだった。

真犯人

私、アルティナ・モニキスはこの度《たび》、初めての恋《こい》を実らせシジャル・ミルグリット司書長様と婚約《こんやく》することができた。

周りで応援《おうえん》してくれた人達のお陰《かげ》である。

聞いた話によると、王妃様《おうひさま》が婚約の申請書《しんせいしょ》の受理を早めてくれたらしい。

国をあげて応援してもらったようで感動しかない。

そう、私はこの時幸せすぎて忘れていたのだ。

私を呪《のろ》いたいほど憎《にく》んでいる人がいることを……。


私とシジャル様が婚約した次の日、私は兄と一緒《いっしょ》に王立図書館に向かっていた。

「アルティナ、司書長殿に早く呪いを解《と》いてもらうんだぞ」

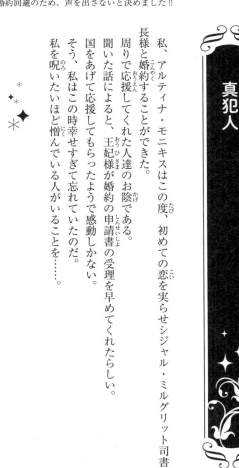

私はデリカシーのない言葉に顔を赤らめながら、兄の肩《かた》をグーで殴《なぐ》った。

全然痛そうじゃなかったし、蚊《か》に刺《さ》されたほども感じてなさそうに笑われた。

それでも、殴らずにはいられなかったのだ。

私が羞恥《しゅうち》に耐えながら図書館に向かっていると、図書館の前でシジャル様がメイデルリーナさんとその取り巻き令嬢《れいじょう》二人に囲まれているのが見えた。

シジャル様は直《す》ぐに私に気がついて爽《さわ》やかな笑顔《えがお》をくれる。

「アルティナ様、おはようございます」

私が優雅《ゆうが》に淑女《しゅくじょ》の礼をとっている横で兄がシジャル様にニッコリと笑顔を向けた。

「司書長殿、もうアルティナに様をつける必要はないだろ？」

「……そ、そうですか？」

シジャル様はなんだか照れた顔をしながら頭を軽くかくと私に笑顔をくれた。

「では、アルティナ」

解《わか》っている。

これから、ずっとこう呼ばれるのだから動揺《どうよう》しては駄目《だめ》だと。

だが、私は顔に熱が集まるのを止めることができなかった。

「ずっと休んでいると思ったら、何がどうして公爵《こうしゃく》令嬢を呼び捨てにできるほど出世できたのよ？」

シジャル様と私が照れているうちに、シジャル様の腕《うで》にメイデルリーナさんがしがみついた。

私はムッとしてシジャル様を見上げた。

私はもう嫉妬《しっと》することを許される立場なのだから！

「メイデルリーナ、悪いのですが離《はな》れて下さい。婚約者に疑われるようなことはしたくないので」

「……婚約者？」

「はい。アルティナ様……いえ、アルティナと自分は婚約したんです。正式に、国の認めた婚約者なんですよ」

メイデルリーナさんはシジャル様と私を交互《こうご》に見ると私に近づいてきた。

私が身構えるのをものともせずに、メイデルリーナさんは私を強く抱《だ》き締《し》めるとポツリと言った。

「私のお兄ちゃんを不幸にしたら許さないから！」

メイデルリーナさんは私が苦しくなるほど強く私を締め上げると解放してくれた。

なんだか少し感動してしまったのは何故《なぜ》なんだろう？

「アルティナ様、大丈夫《だいじょうぶ》ですか？」

シジャル様は私を気づかってくれたが、様付けに戻ってしまっている。

慣れるまでにはお互い時間がかかりそうだ。

「……嘘《うそ》よ……シジャル様と貴女《あなた》では身分が違《ちが》うでしょ!!」

静かな廊下《ろうか》にヒステリックな声が響《ひび》いた。

その声の出所は、メイデルリーナさんの取り巻き令嬢の一人。

茶色の髪《かみ》をゆったりと横結びにした、おっとりとした容姿の令嬢だった。

もう一人の令嬢も突然《とつぜん》のことに驚《おどろ》いた顔で固まってしまっていた。

「何故《なぜ》？　何故なの？　貴女はなんでも持ってるじゃない！」

「サニーどうしたの？　悩《なや》みがあるなら私、聞くわよ？　私達親友でしょ？」

メイデルリーナさんが動揺しながらも話しかければ、サニーと呼ばれた令嬢はメイデルリーナさんを睨《にら》み付《つ》けた。

「私は親友なんて思ったこと一度もないわ！　貴女と一緒にいればシジャル様と会えるから一緒にいただけよ！」

メイデルリーナさんの顔が悲しみに歪《ゆが》んだのが解った。

なんて酷《ひど》いことを言うんだ！

「シジャル様がメイデルリーナを愛していないことなんて見てれば解ったわ。だからメイデルリーナが第二王子の婚約者候補に選ばれた時、漸《よう》くシジャル様が私のものになると思ったのに!!」

サニーさんは今度は私を睨み付けた。

「私はずっとシジャル様と結婚できる日を夢見てきたのよ！　それなのに、会ったばかりの貴女がなんで？　声の出ない欠陥品《けっかんひん》のくせに！　あの時死んでれば良かったのよ!!」

初めて向けられる殺意に、私の身体《からだ》が震《ふる》えているのが解った。

「図書館で男性に言い寄られ困っていた時に颯爽《さっそう》と助けて下さった時から、シジャル様は私だけの王子様なのに……」

ブツブツと呟《つぶや》くサニーさんの顔には狂気《きょうき》が浮《う》かんでいる。

その時だった。

私の側にいたメイデルリーナさんの小さな声が聞こえた。

「私、知らないからね！　ご愁傷様《しゅうしょうさま》」

なんのことか解らず戸惑《とまど》っていると、メイデルリーナさんは私の腕を掴《つか》んで引き寄せた。

「シジャルから離れて！　怒《おこ》ったシジャルは手がつけられないから」

なんだか顔色の悪いメイデルリーナさんから視線を移すと、冷えきった表情のシジャル様が見えた。

「魔物《まもの》の襲撃《しゅうげき》は君が仕掛《しか》けたと？」

「へっ？」

「『あの時、死ねば良かった』と君は言いましたよね？　……アルティナ様を傷つけようとしたのは……お前かと聞いている」

地を這《は》うような低い声が響き、私とメイデルリーナさんは縮み上がる。

低い声を向けられているサニーさんの顔は青を通り越《こ》して白く見えた。

「だ、って……シジャル様が私を助けて下さったから」

「図書館の中でのトラブルに司書長が出向くのは当然のこと。しかし自分のしたことでアルティナ様を危険にさらしてしまったなんて」

シジャル様の消え入りそうな声が私にははっきりと聞こえた。

私は慌《あわ》ててシジャル様の前に飛び出した。

シジャル様の顔は今にも泣いてしまいそうなほど絶望に染められている。

「すみませんアルティナ様……全部自分の……」

これは駄目だ！

このままでは、婚約を破棄《はき》するとか言い出しかねない！

私はシジャル様とずっと一緒にいたいのだ！

「自分と一緒になったら、アルティナ様を不幸にしてしまう……アルティナ様……」

これ以上の言葉は聞きたくない。

私はシジャル様の首に腕を回し引き寄せた。

そして、そのままシジャル様の唇《くちびる》に自分の唇を押《お》しつけた。

喉《のど》の奥《おく》にスーっと何かが通り抜《ぬ》けていく気がした。

今なら出せる！

「私は、シジャル様の側にいられるだけで幸せなのです！　シジャル様が嫌《いや》でも、私はもうシジャル様の婚約者。絶対に離れません!!」

シジャル様は真っ赤な顔で口をパクパクさせるだけで何も声が出ないようだった。

せっかくだから、シジャル様から一旦《いったん》離れ、背中に腕を回し直し抱きついてその胸にスリスリと頬《ほお》を寄せてみた。

「アルティナ！　兄はだいぶ複雑な気持ちなんだが！」

兄の動揺した声が聞こえたが聞こえなかったことにする。

そんな中、シジャル様は私をゆっくりと抱き締め返すと私の耳元で小さく呟いた。

「アルティナ様の声……やっぱり好きだ」

耳にかかるシジャル様の声に、私は息が止まるかと思った。

ドキドキがピークになると死にそうになるのだと初めて知った。

〝好き〟という言葉が耳に張りついている。

「何時《いつ》までイチャイチャしてるのよ！」

メイデルリーナさんの怒鳴り声に私とシジャル様は弾《はじ》かれたように離れた。

見ればサニーさんが喉を押さえていた。

それはまるで、少し前の自分を見ているようだった。

「ウィーザの呪い返しです」

シジャル様は冷静にそう言った。

「声が出なくなる呪いは消滅《しょうめつ》することなく呪いをかけた本人に返るようにしてもらいました。アルティナ様の苦しみを少しは解った方がいい」

シジャル様の言葉に、サニーさんは泣きながらその場を走り去っていったのだった。

婚約者

私の声が戻《もど》った。

姉二人は私を抱《だ》き締《し》めて泣いた。

私は声が出る感動を噛《か》み締《し》め、もう二度と嘘《うそ》はつかないと決めた。

声が出るようになっても兄は私を王立図書館に連れていってくれた。

兄いわく、婚約者《こんやくしゃ》のもとに送り届ける義務が兄にはあるらしい。

その日も私は兄と一緒《いっしょ》に図書館に向かっていた。

「ユーエン！　アルティナ嬢《じょう》！」

「おはよー」

図書館の前にいたのは第二王子と第三王子だった。

兄が深いため息をついたのが解《わか》った。

「そんな嫌《いや》そうな顔するなよ」

「そうだよユーエン！　は～何時《いっ》見てもアルティナ嬢は可愛《かわい》いね！　声なんて出なくても

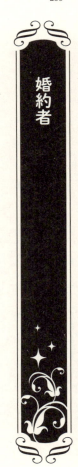

関係ないよ」

第三王子が私に近づくのを兄が間に入って阻《はば》む。

私は苦笑いを浮《う》かべてから、二人に淑女《しゅくじょ》の礼をした。

「ライアス様、ファル様おはようございます」

王子達がこぼれ落ちそうなほど目を見開いたのが兄越しに見えた。

「ア、アルティナ嬢……声が戻ったのか？」

「なんて可愛い声なの？　わぁ～もっと聞かせて！」

二人を兄が睨《にら》み付《つ》ける。

「妹に近づかないでいただきたい」

「何故《なぜ》だ？　アルティナ嬢は声が戻った。なら、俺の婚約者候補にも戻るだろ！」

「なんで！　僕の婚約者候補になってほしい！」

王子二人が睨み合うのを無視して私は図書館の扉《とびら》を見つめた。

暫《しばら》く見ていると、ゆっくりと図書館の扉が開きシジャル様が顔を出した。

「騒《さわ》がしいと思ったら、またですか？」

シジャル様は呆《あき》れたような顔をしながら図書館から出てきた。

ああ、シジャル様の顔を見ただけで安心する。

「シジャル司書長、あんたはなんでいつも俺の邪魔《じゃま》をするのかな？」

「邪魔をしているつもりはありませんよ」

シジャル様は、兄と私に優《やさ》しい笑顔《えがお》を向けた。

「おはようございます、ユーエン様、アルティナ様」

兄が一つため息をついた。

「まだ様付けしているのか？」

「ああ、すみません。つい……ははは」

私は兄の後ろから出るとシジャル様に抱きついた。

「シジャル様おはようございます。お会いしたかったですわ」

勢いよく抱きついた私をシジャル様は難なく受け止め、おずおずと頭を撫《な》でてくれる。

「自分もお会いしたかったです」

耳元でそう囁《ささや》かれると照れてしまう。

「アルティナ、せめて兄がいなくなってからイチャイチャしてくれるか？」

「ごめんなさいお兄様。嬉《うれ》しくて」

私がそう言うと兄は呆れたように笑った。

「ち、ちょっと待て！　何故司書長とアルティナ嬢が……」

呟《つぶや》く王子達を見ると、青い顔でこちらを見ていた。

私はシジャルにしがみついたまま言った。

「婚約者になりましたので、誰《だれ》にもとられないように見せつけておこうかと思いまして」

私の言葉に、その場にいる全員がキョトンとしていた。

そして、王子二人が真っ青になったのが見てとれた。

そんな中、シジャル様が困ったような顔で呟いた。

「アルティナ様、そんな心配はいらないと思いますが？」

「そんなことはありません！　私はシジャル様が誰かにとられないか心配で心配で！　ですので、手始めに義理の兄にいただいた誘惑《ゆうわく》資料のように大胆《だいたん》に行動しようと思っているのです！　その第一歩が、シジャル様をお見かけしたら抱きつく！　ですわ!!」

なんだか喋《しゃべ》れるのが嬉しくてたくさん喋ってしまった気がする。

「ア、アルティナ様……その資料は参考にしてはいけませんよ。自分の心臓がもちませんので」

「……では、司書様達が言っていた、胸を腕《うで》に押し付けるのは大丈夫《だいじょうぶ》ですか？」

「それは、口に出して言っていい作戦ではありませんよ」

そうなのか？

私はシジャル様の顔を見上げた。

「では、シジャル様が忘れたころにいたします」

「……楽しみにお待ちしております」

私とシジャル様は一緒に笑い合った。

「ち、ちょっと待て！　待ってくれ……アルティナ嬢は司書長と本当に婚約したのか？」

「はい！　ラブラブです！」

第二王子が膝《ひざ》から崩《くず》れ落《お》ちる。

なんだろ？　邪魔だからはじっこに寄ればいいのに。

「アルティナ嬢！　司書長なんかより僕の方が可愛くない？」

第三王子が青ざめながらも笑顔を向けてくる。

「シジャル様こそとっても可愛らしい方です！　私が無理やりキスした時もお顔を真っ赤にされて！　可愛くて胸がキュンキュンしましたもの！」

私が力説すると第三王子も膝から崩れ落ちた。

だから、はじっこに行けばいいのに。

私は王子二人を邪魔に思いながらシジャル様の腕にしがみつき笑顔で見上げた。

「エスコートをお願いしてもよろしいでしょうか？」

「勿論《もちろん》です」

こうして、私はシジャル様と一緒に、私達の大好きな図書館に入っていったのだった。

END

あとがき

この度は『婚約回避《こんやくかいひ》のため、声を出さないと決めました!!』を読んで下さりありがとうございます！

ｓｏｙと申します。

はじめましての方もそうでない方も覚えておいて下さると飛び跳ねて喜びます。

この作品、同じく書籍化いただいた『勿論《もちろん》、慰謝料請求《いしゃりょうせいきゅう》いたします！』を執筆中に、無性に違う作品が書きたい！　と思い、現実逃避《げんじつとうひ》した結果、生まれた作品です。

まさかこの作品まで出版が決まるとは！

嬉しい悲鳴プラス忙しさに悲鳴です。

家ではスマホをいじっているだけで「小説書いてるの？」と旦那様《だんなさま》に聞かれ、会社では休憩時間に仲の良い同僚から「続きは書いたの？」と聞かれるようになりました。

そう、同僚が『勿論、慰謝料請求いたします！』を読んでくれているんです。

そんなこともあり「買うから書こうね！」とプレッシャーをかけてくるようになりました。

終《しま》いには「なんページ進んだ？」と聞いてきます。

すみません。愚痴《ぐち》りました。

気を取り直して、本作のヒロインであるアルティナは、ちょっと天然だけど頭の中では口が悪いヒロインを書きたくて誕生しました。

書き始めてみたら可愛く書けた気がします。

ヒーローであるシジャル司書長は途中までヒーロー枠《わく》ではありませんでした。

だけど、なんでもできるのに気が弱く、自分に自信のないヒーローは今では私のお気に入りです。

思いつきなんですけどね。

そんな思いつきでも、情けなくても最後には憎めない愛嬌《あいきょう》のあるヒーローになったと思っています。

私の書くキャラクターはみんな、個性が強いとよく言われます。

そんなキャラクター達を、美しいイラストにして下さったｋｒａｇｅ様には感謝してもしきれません！

最初にキャラクターデザインを見せていただいた時、アルティナ可愛い！　シジャル様格好いい！　ユーエンイケメン!!　と我を忘れてはしゃぎました。

家族の変な奴を見るような目も気にならないほどに。

いいんです。家族ですから。

みんな大好きです！


ここまで私の話に付き合って下さった皆様、ありがとうございます！

そして、刊行にあたり本作に携《たずさ》わって下さった沢山《たくさん》の皆様に厚く御礼《おんれい》申し上げます。

またお会いすることができるよう、より一層頑張っていきます！

応援よろしくお願いいたします！

番外編　第一王子の婚約者

最近図書館に行こうとすると待ち伏せされることが増えた気がする。

特に待ち伏せしているのは第二王子様と第三王子様だ。

偶然《ぐうぜん》を装《よそお》ったり、あからさまなプレゼントをたずさえて来たり。

兄とシジャル様が素早く対処してくれるお陰《かげ》で大した会話というか筆談をしたことはないが、私を慰《なぐさ》めようとして下さっているのだろうとは解《わか》っているつもりだ。

王子様達は優しいに違いない。

だけど本が読めなくなってしまうので困るのだ。

その日も、第二王子様と第三王子様が図書館の前で何やら言い争いをしていて、それをシジャル様がなだめているのが目に入った。

「アルティナは今日は来ていないことにするから、少しそこの中庭で時間を潰《つぶ》してから図書館に向かってくれ」

兄にそう言われ、私は頷《うなず》いて近くの扉《とびら》から中庭に出た。

色とりどりの花の中心には大きな噴水《ふんすい》があって、その後ろに回れば縁《ふち》に座って時間が潰せるだろうと近づくと、先客がいた。

第一王子のディィランダル様だ。

私の気配に気がついたディィランダル様はニコッと笑った。

「やあ、アルティナさん。いつも弟達がすまないね」

私はスカートの裾《すそ》をつまんで淑女《しゅくじょ》の礼をした。

「かしこまらなくていい。少しお話をしないかい？」

私は声が出せない設定だ。

どうしようかと思っていたらディィランダル様は噴水の縁にハンカチを敷いてくれた。

座らないといけないやつだ。

私は頭をペコリと下げるとディィランダル様の隣《となり》に座った。

「ユーエンから聞いたよ。シジャル司書長が好きなんだって？」

核心をつく話に顔が熱くなる。

そんな私を見てディィランダル様はクスクスと笑った。

「私の婚約者も君みたいに解りやすかったら良かったんだけどな」

私が首を傾《かし》げるとディィランダル様は照れたように言った。

「私には生まれた時から婚約者がいるのだけど、本当に綺麗《きれい》な人なんだ。はっきり言って私は彼女と婚約していることが嬉しくてたまらない。だけどね……彼女、あまり表情が変わらないんだ。赤面したところも見たことがない」

ディランダル様は婚約者を思ってか切なそうに遠くを見つめた。

「彼女が私を好きかどうか、不安で仕方ないんだよ。先日会った時に君の話をしたんだ。ユーエンが色々教えてくれて面白《おもしろ》かったから彼女も喜ぶかな?、って思ってね。でも、直《す》ぐに帰ってしまった」

切なげにため息をつくディランダル様は、まるで恋する乙女《おとめ》のようだった。

「アルティナさんはシジャル司書長とイチャイチャしてていいな～」

羨《うらや》ましそうにディランダル様が私を見た。

私は持っていたメモ帳を取り出して書いた。

『婚約者様に、イチャイチャしたいと言ってみては?』

「……私は彼女の前だと格好つけてしまうんだ」

『でも、イチャイチャしたいのでしょ?』

ディランダル様は両手で顔を覆《おお》った。

「そりゃ、イチャイチャしたい」

その時、近くに人の気配がした。

見れば綺麗な銀髪《ぎんぱつ》をなびかせた女神様のような女性が立っている。

藍色《あいいろ》の瞳《ひとみ》が悲しそうに見えた。

「でも、アルティナさん、もし私がこの気持ちを彼女に伝えたら、彼女はどう思うだろう」

私は人が来たことを伝えようとディランダル様の服を引っ張った。

「私に、何を伝えるつもりなのだ？」

女神様のような凛々《りり》しい声に、ディランダル様の肩がビクッと跳《は》ねた。

ディランダル様は顔を覆っていた指の隙間《すきま》をゆっくりと広げ、声の主の顔を確認して飛び上がるように立ち上がった。

「クリスタ、あの」

「まさかと思って来てみたら、こんな現場に出くわすとは！　婚約破棄《はき》したいならそう言えばいいだろ！」

女神様の瞳から涙がポロポロと溢《あふ》れて落ちた。

見ればディランダル様の顔色が真《ま》っ青《さお》だ。

「誤解だ！」

「何が誤解だ！　今はっきり言ってただろ！　私に気持ちを伝えるとかなんとか！」

どうやら、私は修羅場《しゆらば》に巻き込まれてしまったようだ。

でも、この人は貴女《あなた》とイチャイチャしたいだけなんですよ〜と、声に出して言えないってことは、ディランダル様頑張れ！　と念じる他ない。

「その娘《むすめ》は、この前ディランが楽しそうに話していた娘だろ！」

「違うんだ！　クリスタ、話を聞いてくれ!!」

物語のようなやり取りを他人事《ひとごと》のように……いや他人事なんだけど、そのまま見つめていると、女神が私を睨《にら》み近づいてきた。

これは、もしかしてぶたれたりするやつだろうか？　っと怯《おび》えたのだが優しく頬《ほお》に触《ふ》れられた。

「お肌スベスベに髪艶々《かみつやつや》！　こんな可愛《かわい》い生き物に勝てるわけない！」

女神様は何故《なぜ》か私を抱き締めて泣いた。

何が起きているのか解らないけど、ちょっと嬉しいと思ってしまったのは秘密だ。

「アルティナさん！　ずるいぞ！」

ディランダル様の本音が聞こえた気がしたが、もっと声をはってほしい。

ディランダル様は大きな咳払《せきばら》いを一つすると落ち着いた声音《こわね》で言った。

「クリスタ聞いてくれ。私はアルティナさんに相談していただけで、アルティナさんに恋《こい》心《ごころ》を抱《いだ》いたりしていない」

「嘘だ！　こんなに可愛いんだぞ！」

「嘘じゃない。本当だ」

女神様は私の頭を撫《な》で撫でしながら言った。

「婚約破棄したいんじゃなかったら、私に伝えたいこととはなんだ？」

「うぐっ」

ディランダル様が思わず息を呑《の》んだ。

「言えないようなことなのか！」

「違う！　ただ、その……」

「言えないんじゃないか！」

「い、言える！　私は……その、クリスタと……」

思わずため息をついてしまったのは許してほしい。

私は女神様の手をこじ開けて逃げ出すとメモ帳に書いた。

『ディランダル様は貴女の事が好きすぎて悩んでいらっしゃるのです』

そして、そのメモを女神様に突きつけた。

女神様はそれを受け取ると首を傾げた。

「ディランが？」

「ちょ、アルティナさん、何を書いたんだ？」

「ディランが私を好きだと……」

ディランダル様がまた両手で顔を覆った。

耳が赤くなっていくのが見える。

見れば女神様も真っ赤《まっか》だ。

人の目の前でイチャイチャしないでほしい。

「じゃあ、貴女に相談って」

『ディランダル様は、貴女に笑ってほしい、側にいてほしい、イチャイチャしたいらしいのです』

私のメモを見た瞬間《しゅんかん》、女神様は指先まで真っ赤に染まった。

「ディ、ディラン、貴方《あなた》、私に笑ってほしいの？」

「……はい」

「側にいてほしいの？」

「……はい」

「……イ、イチャイチャしたいの？」

「アルティナさん、筆談するの早すぎませんか？　しかも、何ばらしてくれてるんですか!?」

ディランダル様が泣きそうな声で叫んだ。

今の私は、他人の色恋《いろこい》に干渉《かんしょう》している場合ではないのだ！

自分の恋愛ですらままならないのに、イチャイチャカップルの痴話喧嘩《ちわげんか》なんてムカついて仕方がない。

『ディランダル様、次は私とシジャル様が上手《うま》くいくように協力して下さいませ！』

私はそのメモをディランダル様に手渡した。

「あの、アルティナさん、この状況解ってる？」

『婚約者どうしが好きすぎて勘違《かんちが》いしてお互《たが》いの気持ちを確かめ合い、この後イチャイチャ、キャハハハ、ウフフするって小説のような展開になるんですよね。私は邪魔《じゃま》をしたくないので、そろそろ図書館に行きます』

ディランダル様は落ち着いた雰囲気《ふんいき》を何処《どこ》かへ置いていってしまったようで、まるで助けを求めるかのように首を横に振る。

声が出せたなら、男だろ！　と言ってしまったかも知れない。

『後はどうぞお二人でイチャイチャするなり、イチャイチャするなりしてください』

私はわざと強調するように書いたメモを女神様に手渡した。

「あ、あの、ありがとうお嬢《じょう》さん」

女神様がいちいち格好いいのは何故だろうか？

とりあえず私は図書館に向かって歩きだした。


無事に図書館につき、シジャル様を見つけると聞いてみた。

「ああ、クリスタ嬢ですか？　ディランダル様の婚約者で騎士団長《きしだんちょう》の娘さんですね。見た目は母親似なのですが腕っぷしが強く、戦女神《いくさめがみ》と呼ばれるお人ですよ」

ああ、だから喋《しゃべ》り方や立ち居振る舞いが格好良かったのか！

納得して思わず頷けば、シジャル様がニコニコしながら言った。

「うちの親は騎士団長と友人なので小さい時によく遊びました」

小さいころのシジャル様と遊んでいたなんて、羨ましい。

「山に魔物《まもの》狩《が》りに行って血まみれで帰った時は怒られたな～全部返り血だったのに」

……まるで山菜狩りみたいなトーンで喋るシジャル様に、羨ましさが一気に吹き飛んでいった。

私では幼いシジャル様と遊ぶこともままならないようだ。

ショボンとしているとシジャル様が私の顔を覗《のぞ》き込んで言った。

「実家の周りは魔物がたくさんいますが、そのさらに奥に行くと、精霊《せいれい》の住む洞窟《どうくつ》がありまして。そこが凄く綺麗なので今度、連れていって差し上げますね。魔物は自分が全部倒しますから安心して下さい」

そう言ってシジャル様は凄くいい笑顔を私に向けた。

その笑顔が素敵だったから、私は気持ちを浮上《ふじょう》させ笑顔を返すのであった。

番外編　プレゼント

その日、図書館に向かうと入口から少し離《はな》れた本棚《ほんだな》の陰《かげ》でシジャル様が女性司書の方々に囲まれていた。

気づかれないように近づき、なんの話をしているのか聞いてみる。

「まさかそれをプレゼントするつもりですか？」

「最初からそれって重いわよね？」

何やらプレゼントの話をしているようだ。

「本当に女心が解《わか》ってないですね！」

「そう言われても、これが欲《ほ》しいと指命されたプレゼント以外したことがなかったので……アドバイスをお願いします。この通り！」

頭を下げるシジャル様に女性司書の方々は呆《あき》れたような顔をしていた。

その行動が物語っていることは、とても大事なお願いをしているということ。

邪魔《じゃま》してはいけない。

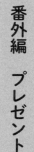

そう思う反面、そんなに大事なプレゼントを誰《だれ》に渡すつもりなのかと聞いてみたい気持ちもある。

話の流れから察するに女性へのプレゼントのようだ。

この話は聞かなかったことにした方がいいのかも知れない。

私はゆっくり図書館の入口に戻《もど》り、やり直すことにした。

ドアを開けて少し音がするようにドアを閉める。

そんな私にいち早く気がついてくれたのは、いつも通りシジャル様だった。

「アルティナ様！　いらっしゃいませ」

私はクスクスと笑った。

「シジャル様、それではまるでお店に来たような気分になります」

「そうですね。失礼しました」

シジャル様もニコニコと笑顔《えがお》を返してくれたので、少し安心する。

「なんのお話をしていたのですか？」

その瞬間《しゅんかん》、空気がピシリと張《は》り詰《つ》めた気がした。

「いや、大した話はしてませんよ」

私には聞かれたくない話だったようだ。

「そうですか……」

「そういえば、昨日入ったばかりの本があるんですよ！　案内しますね」

そう言ってシジャル様は私をその本がある棚《たな》まで連れていってくれたのだった。


家に帰ってからもずっとモヤモヤを抱《かか》えていると、心配そうな顔をした兄が話しかけてきた。

「アルティナ。悩《なや》み事《ごと》があるんじゃないのか？　僕では力になれないか？」

「お兄様……実はシジャル様が私に隠《かく》し事《ごと》をしているようなのです」

「隠し事？」

私は少し俯《うつむ》き、続けた。

「いつものように図書館に行くとシジャル様と女性司書さん達が集まっていて、女性へのプレゼントがどうとか、女心が解っていないとか話しているのを聞いてしまったんです」

「誰宛《あて》のプレゼントかは聞いていないのか？」

「はい。なんのお話をしていたのか聞いても、大した話ではないと言って教えていただけなくて……」

「それは、アルティナへのプレゼントをサプライズしたいのではないか？　司書長がお前以外にプレゼントなんてしそうにないじゃないか？」

私はため息をつくと兄に苦笑いを向けた。

「そう期待して違《ちが》った場合、私は立ち直れなくなります」

私が遠くを見つめていると兄は私の手を取り真剣《しんけん》な眼差《まなざ》しで言った。

「明日、僕が司書長に聞いてやる。できるだけ遠回しに……オブラートに包んで」

私は思わず兄に抱《だ》きついた。

「お兄様は本当に頼《たよ》りになります」

「任せておけ！」

こうして、兄がプレゼントの相手を聞いてくれることになった。

＊✦＊✦＊

翌日図書館に向かうと、兄が先に図書館に入っていった。

シジャル様は本の返却《へんきゃく》ボックスを覗《のぞ》き込んでいる。

「司書長殿」

「ユーエン様。おはようございます」

「おはよう。少し聞きたいことがあるのだが、いいか？」

シジャル様はパチパチとまばたきするとニコニコと笑った。

「はい。なんでもどうぞ」

兄は難しい顔をしながら一つ咳払《せきばら》いをすると言った。

「司書長殿はアルティナへ贈《おく》り物《もの》をしたいと思ったことがあるか？」

兄よ！　質問が下手くそすぎやしないか！

私はコソコソ二人を見ながらそんなふうに思った。

言われたシジャル様はどんどん顔色が悪くなっていく。

「司書長殿？」

「いえ！　あの、やっぱりプレゼントをした方がいいのでしょうか？」

シジャル様の答えに私へのプレゼントなど考えてもいなかったニュアンスを読み取り、私は泣きたい気持ちになった。

「……司書長殿、質問しているのはこちらなんだが？」

シジャル様は眉《まゆ》を下げた困り顔をしている。

我慢《がまん》できなくなった私は二人のもとに走り寄った。

「アルティナ様？」

突然《とつぜん》現れた私にシジャル様は驚《おどろ》いたようだ。

「私、昨日の話を聞いてしまいました！」

私の言葉にシジャル様はオロオロしてから深いため息をついた。

「聞かれてしまいましたか……」

「ど、どなたにプレゼントをするおつもりですか？」

私は涙目になりながらシジャル様を見つめた。

「な、泣かないで下さい！　勿論《もちろん》アルティナ様へのプレゼントです！　ただ……」

私達《わたしたち》のやり取りに兄が呆《あき》れ顔《がお》をする。

「司書長殿、はっきり言わないとうちのアルティナは納得《なっとく》なんてしないぞ！　しかも、ボロボロに泣くぞ！　いいのか？」

シジャル様は観念したのか俯くとぽつりぽつりと話しだした。

「実は、シャルロがアルティナ様恋《こい》しさに夜鳴きをするようになってしまいまして」

なんの話を始めたのか解らず、私も兄もキョトンとしてしまう。

「終《しま》いには爪《つめ》を折ってよこしてきたのです」

「シャルロは大丈夫《だいじょうぶ》なのですか？」

心配して聞けばシジャル様は苦笑いを浮《う》かべた。

「大丈夫です、爪はシャルロの意思で折れるものなので。飛竜《ひりゅう》は気に入った者に爪をプレゼントする習性があるのです」

シャルロが傷ついていないのなら良かった。

「飛竜の爪はプレゼントした相手の危機を感知できたりするので、シャルロはアルティナ様に持っていてほしかったんです」

そう言ってシジャル様は私の手に何かを握《にぎ》らせた。

手を開いて見るとそこには綺麗《きれい》な白の枠《わく》に青い石のついた指輪がのっていた。

「シャルロの爪をそのまま渡すのはどうかと思い、身につけられる指輪に加工したのですが、昨日職場で話したら初めてのプレゼントで指輪を渡すのは重いと言われまして……。怖気《おじけ》づいてしまいました」

私はマジマジと指輪を見た。

「嬉しいです」

私がそう言って笑うと、シジャル様も安心したように笑ってくれた。

こうして、無事シジャル様から婚約者《こんやくしゃ》として初めてのプレゼントをもらうことができた。

後々、兄から指輪に付いていた石の石言葉を教えてもらった。

ラピスラズリの石言葉は〝健康・愛・永遠の誓《ちか》い〟。

それを聞いて、シジャル様の想《おも》いに更に嬉しくなって泣いてしまったのは、兄と私だけの秘密である。

■ご意見、ご感想をお寄せください。
《ファンレターの宛先》
〒102-8177 東京都千代田区富士見 2-13-3
株式会社KADOKAWA ビーズログ文庫編集部
soy 先生・krage 先生

●お問い合わせ
https://www.kadokawa.co.jp/（「お問い合わせ」へお進みください）
※内容によっては、お答えできない場合があります。
※サポートは日本国内のみとさせていただきます。
※Japanese text only

ビーズログ文庫

婚《こん》約《やく》回《かい》避《ひ》のため、声《こえ》を出《だ》さないと決《き》めました!!

soy《そい》

2019年7月15日 初版発行
2021年4月15日 4版発行

発行者 青柳昌行
発行 株式会社 KADOKAWA
〒102-8177 東京都千代田区富士見 2-13-3
（ナビダイヤル）0570-002-301
印刷所 凸版印刷株式会社
製本所 凸版印刷株式会社

ISBN978-4-04-735683-2 C0193

定価はカバーに表示してあります。
◇◇◇

お金儲け
大好き
悪役（？）令嬢
まさか再びの
婚約破棄
のピンチ!?

ビーズログ文庫
勿論、慰謝料
請求いたします！
①〜②巻、好評発売中！
人気小説の悪役令嬢が私!?
スカッと痛快★婚約破棄ラブコメ！
Web発！
soy《そい》
イラスト／m/g《めぐ》
お金儲けが大好きな伯爵令嬢の私、ユリアス。結婚も商売《ビジネス》と侯爵令息と婚約したのに「婚約破棄してやる！」と言われた。原因は庶民上がりの令嬢。どうやら彼女、私を悪役令嬢に仕立て上げるつもりのようで!?

ビーズログ文庫
竜王サマ、この結婚はなかったことにしてください！
交際0日で結婚!?
怒涛の求婚回避ラブコメ♥
①～②巻、好評発売中！
葛城《かつらぎ》阿高《あたか》
イラスト／春《はる》が野《の》かおる
竜に命を救われたことで幻獣に興味を持ったティナは、憧れのヴィル博士の研究所に入所。ところがその博士から、「結婚はいつにする?」と怒涛の求婚攻撃！　博士のことは“尊敬”していても“恋愛”対象ではないのですが……!?

ビーズログ文庫
竜騎士団が過保護です
不本意ですが、
団長が私に過保護すぎて大変なんです!?
ワケありな二重契約ラブコメ!
①～②巻
好評発売中!
乙川《おつかわ》れい
イラスト／くまの柚《ゆず》子《こ》
王女リオノーラは隣国に嫁いだ妹を見守るため、竜騎士団に潜入中。だけど、団長ハーヴェイに正体がバレて強制送還の危機！　帰されないよう咄嗟に竜と契約を結んだら、なぜかハーヴェイとの“ふたまた”契約になったみたいで？